ALEXANDRE POTHEY

LA MUETTE

PARIS

ERNEST FLAMMARION

ÉDITEUR

26, RUE RACINE, PRÈS L'ODÉON

Dernières Publications à 3 fr. 50 le volume.

PARIS. — IMP. E. FLAMMARION, RUE RACINE, 26

QUARANTE

CONTES NOUVEAUX

PARIS. — IMPRIMERIE C. MARPON ET E. FLAMMARION, RUE RACINE, 26.

LA
MUETTE

(QUARANTE CONTES NOUVEAUX)

PAR

ALEXANDRE POTHEY

DÉPOT LÉGAL
Seine
N° 7270
1899

PARIS

C. MARPON ET E. FLAMMARION

ÉDITEURS

2 À 7, GALERIES DE L'ODÉON, ET RUE RACINE, 26

1883

LA MUETTE

LA MUETTE

C'était en 1862.

Le café avait été servi dans ce magnifique atelier de la place Vintimille que tout Paris connaît.

Les portières de velours grenat, relevées sur des patères de bronze antique, laissaient voir dans le fond les splendeurs de la salle du festin.

Les lumières des lustres brisaient leurs feux aux angles des cristaux et des pièces d'orfèvrerie finement ciselées.

Les masses de fleurs et de fruits, habilement
disposées, égayaient doucement les regards.

La réunion se composait d'une trentaine d'hommes, vieux et jeunes, mais presque tous connus
dans le monde de la politique, des lettres et des
arts.

Un ancien ambassadeur à Naples, des membres
de l'Institut, des peintres, des journalistes et des
musiciens, plongés dans de vastes fauteuils, semblaient éprouver ce doux état de béatitude qui
convient si bien aux consciences tranquilles à
l'heure d'une agréable digestion.

Crosti avait détaillé, avec une grâce exquise, le
grand air du *Barbier*.

Puis Ismaël, Villaret et David chantèrent le trio
de *Guillaume*.

Enfin Charles de Bériot égrena les perles de sa
Tarentelle.

Le charme avait fait naître le silence.

Les officiers de la Légion d'honneur frappaient
doucement, en mesure, l'air de leur index, comme
s'ils eussent voulu retenir les vibrations harmo-
niques trop tôt fugitives.

Les simples chevaliers, respectant les distances,
accompagnaient ce geste avec de petits mouvements de tête.

La tenue des autres était irréprochable.

— Depuis quelque temps, le gouvernement est très inquiet, fit une voix rauque et sourde.

Les regards se tournèrent vivement vers celui qui venait de proférer ces paroles. C'était un homme dont le visage sinistre n'avait rien de remarquable.

Mais, lui, sans plus s'émouvoir, reprit :

— Depuis quelque temps, le gouvernement est très inquiet.

Tous les jours on reçoit au ministère des rapports des préfets, des sous-préfets, des commissaires des départements, qui signalent les progrès terribles que la *Muette* fait dans la province.

On savait bien déjà que Paris et la banlieue étaient infestés par ce fléau ; mais aujourd'hui qu'il s'étend, qu'il gagne jusqu'aux bourgades les plus reculées, il est du devoir du gouvernement de prendre une attitude !

Il faut sévir !

Par quels moyens ?

Voilà la question.

La *Muette*, comme vous le savez, est une réunion de gens sans foi ni loi, sans feu ni lieu, qui rêvent le renversement de l'ordre social établi, par les moyens les plus violents.

Ceux de 93 pâliraient près des leurs.

Le fer, le feu, le poison, le vol, le viol, sont leurs procédés les plus bénins.

La police le sait, mais elle ne peut rien faire!

En effet, dans la *Muette*,

On ne se rassemble jamais,

On ne parle pas,

On n'écrit point!

Quelle action voulez-vous que la police ait contre de semblables misérables?

Ainsi par exemple, le soir, entrez dans un café : Vous voyez des gens qui jouent au billard,

D'autres aux cartes,

D'autres aux dominos,

D'autres enfin qui fument tranquillement leur pipe dans un coin.

Observez attentivement,

Vous ne remarquez rien.

Eh! mon Dieu! ils font tous partie de la *Muette*.

La police le sait! Elle ne peut rien y faire!

Au coin de chaque rue vous voyez, dans de grands cadres, des photographies d'individus qui vous sont complétement inconnus, tout à fait indifférents, et qui, d'ailleurs, ne sont pas déjà si jolis que cela.

Les uns ont un air féroce;

Les autres ont un air niais.

Pourquoi sont-ils là?

Assurément c'est pour se reconnaître entre eux, car ils sont tous de la *Muette*.

La police le sait; oui, mais...

Paris est sillonné par une quantité d'omnibus qui, depuis sept heures du matin jusqu'à minuit passé, parcourent la cité en tous sens.

Avez-vous parfois remarqué les physionomies étranges des gens qui sont sur l'impériale de ces voitures?

Pour quel motif flânent-ils ainsi au lieu de travailler ?

Dans notre jeunesse, dites-moi, montait-on sur l'impériale des omnibus?

Ce sont certainement des affiliés de la *Muette* qui surveillent les personnes qui vont et viennent, qui s'absentent ou qui rentrent dans Paris, les maisons qu'on démolit, celles qui s'édifient...

Quelle atteinte portée à la sécurité publique!...

La police le sait, mais... que voulez-vous?

Dans la *Muette*, comme du reste dans toutes les sociétés secrètes bien organisées, il y a des fanatiques.

Ce sont des gens d'un certain âge, d'une assez bonne position de fortune, qui s'installent généralement dans un quartier pauvre.

Ils prodiguent les bienfaits autour d'eux.

Ils donnent des secours aux malheureux;

Des médicaments aux malades;

Des vêtements aux petits enfants.

Puis, quand ils ont bien capté la confiance de leur arrondissement, ils attrapent une fluxion de poitrine et meurent dans les trois jours.

Naturellement la foule assiste à leurs obsèques;

et les affiliés de la *Muette*, mêlés dans les groupes, chuchotent :

— Ce brave homme est mort !

— C'est un grand malheur !

— C'est la faute du gouvernement !

— Nous avions l'habitude de vivre dans un Paris dont les rues étaient très étroites.

— C'était sale pendant l'hiver.

— Ça sentait mauvais pendant l'été.

— Mais enfin nous étions accoutumés à cela.

— Aujourd'hui on a créé de larges voies de communication, de longs boulevards qui n'en finissent plus, où le vent dévastateur s'engouffre en toute saison.

— On ne peut plus sortir de chez soi sans attraper des fluxions de poitrine !

— Nos enfants se feront peut-être à ce nouveau régime, mais il est positif que c'est ainsi qu'on veut détruire notre génération.

— Voyez plutôt ! Ce pauvre homme est mort !

Alors les faubourg sont dans un état d'exaspération difficile à décrire !

On arme !

La police le sait... Elle n'y peut rien faire !

Des personnages éminents font partie de la *Muette*.

Ainsi M. A... est l'un des chefs principaux.

Homme d'un goût parfait, esprit distingué, poète remarquable, il n'aurait certainement jamais écrit la romance :

> Tu t'en f'rais sauter le Cylindre!

s'il n'y avait quelque chose là-dessous.

En effet, c'est le chant de ralliement de la *Muette*.

Chaque matin, vous voyez entrer dans les cours de vos maisons un inspecteur de la *Muette*, déguisé en pauvre, qui chante cette ineptie, tantôt sur un air et tantôt sur un autre :

> Ma pauvre sœur, chacun le sait,
> N'est pas heureuse en son ménage...

Les fenêtres s'ouvrent,

On jette des sous...

Le bonhomme les recueille et, le soir, il les porte à M. A... qui sait ainsi combien il y a de membres effectifs de la *Muette* présents à Paris.

Au surplus, ce sont ces recettes qui lui ont créé une fortune colossale en si peu de temps.

On ne peut l'expliquer autrement.

La police le sait...; mais, quoi?

Mgr D... est l'orateur sacré de la *Muette*.

Toutes les fois qu'il plaide — non, — qu'il prêche, la foule assiste à ses sermons.

Pourquoi ?

Ce n'est certes point à cause de son talent ?

Ni de son aménité, n'est-ce pas ?

Ni de ses convictions religieuses ?

Il est moins catholique que M. Renan.

C'est tout simplement parce que, sur les six

sous qu'on donne pour sa chaise, un seulement revient à l'église ; le reste alimente le trésor de la *Muette*.

La police le sait...

La nature humaine a ses faiblesses, et les gens

de la *Muette* n'en sont pas plus exempts que le reste des mortels.

Pour certains d'entre eux, le besoin de se réunir, de parler et d'écrire, se fait parfois impérieusement sentir.

Ce sont ceux-là qui, tous les jours, s'assemblent à la Bourse.

En effet, qu'est-ce que la Bourse ?

Construite avec l'argent des commerçants notables, la Bourse, dans le principe, fut instituée, purement et simplement, pour faciliter d'honorables transactions commerciales.

Les affiliés de la *Muette* ont changé tout cela.

Ils ont chassé les marchands de leur temple.

Là, à des heures convenues, ils s'entassent, se pressent, se bousculent, montent sur le dos les uns des autres.

Ils écrivent sur des petits morceaux de papier des choses que ni vous ni moi ne pourrions comprendre.

Ils poussent des cris insensés, sans signification dans aucune langue.

Prêtez l'oreille pendant une minute :

« Comment sont arrivés les Anglais ?

— Avec baisse d'un huit !

— Diable ! J'ai un écart, heureusement je suis à cheval sur le Lombard !

— J'ai deux mille cinq cents Italiens !

— Qui font ?

— Cinquante-deux.

— Je prends quinze mille dont cinq sous.

— Quelle imprudence ! vous sauterez !

— Non, je veux couvrir ma vente de primes.

— Bon, le ferme ressort !

— Je suis dans le mouvement ! »

Ils perturbent la fortune publique !

Les uns font semblant de se ruiner ;

C'est pour émouvoir la compassion des gens simples.

Les autres font semblant de s'enrichir ;

C'est pour surexciter les instincts d'envie et de cupidité dans les masses.

Cette fortune est fictive.

En voulez-vous la preuve ?

Eh bien ! essayez donc d'emprunter cent francs à l'un de ces faux millionnaires, vous verrez comment vous serez reçus !

En vérité, un grand péril est là !

La police le sait... Que voulez-vous qu'elle fasse ?

Des êtres naïfs s'étonnent parfois du succès et de la gloire de Timothée Trimm.

Est-il nécessaire de démontrer que l'illustre écrivain est le plus grand agitateur des temps modernes?

Les esprits sensés, qui savent lire *entre les lignes*, constatent chaque jour les violences les plus audacieuses perfidement cachées sous une forme légère.

Bien aveugle qui ne voit rien!

La police le sait; elle ne peut rien faire.

Ces misérables ont tous chez eux un portrait de saint Nicotin.

C'est un tableau qui représente un vieil ivrogne, fumant sa pipe, buvant une chope et lisant un livre badin posé sur une tête de mort.

Cette composition que vous voyez d'ici, paraît d'abord bien simple.

Horrible subterfuge! Menaçante ironie!

Eh! ne voyez-vous pas que c'est le portrait de Victor Hugo, qui est le chef suprême de la *Muette*?

Seulement il n'est pas ressemblant, pour que la police ne puisse pas le reconnaître!

Le livre qu'il lit, ce n'est point un aimable badinage : ce sont des listes de proscription;

La chope, c'est le poison qu'on doit verser aux femmes et aux enfants pour ne pas effrayer les populations;

La tête de mort, c'est le symbole de l'échafaud;

Et la fumée de la pipe, c'est l'emblème de l'incendie qui doit, d'ici peu, ravager Paris et les départements!

La police le sait; elle est impuissante!

Le 15 janvier de chaque année, les chefs principaux de la *Muette* se réunissent au-dessus du Mont Blanc.

Là, après s'être livrés à de folles orgies, ils dansent une ronde en chantant une chose abominable dont, jusqu'à présent, la police n'a pu saisir que que trois couplets, à cause de l'élévation.

Ils ont choisi un air bien gai pour chanter cette romance si triste.

Écoutez plutôt.

AIR : *Ah! le bel oiseau, maman!*

On les guillotinera,
Messieurs les propriétaires!
On les guillotinera
Et le peuple applaudira!
Ah! que nous allons rire
En voyant leur martyre!
On les guillotinera
Et le peuple applaudira!

I

Avec un air déluré
Messieurs les propriétaires,
Ainsi qu'un mal induré
Ont rongé leurs locataires.

II

Ils sont toujours sans pitié,
Sans cœur et sans épiderme
Pour le pauvre ouvrier
Qui lui doit sept ou huit termes.

III

Nous chaufferons leurs petons
Près d'une ardente fournaise
Puis alors ils nous diront
Où c'qu'ils ont caché leur braise.

Quoi de plus révoltant que ce chant de sauvages?

Hélas! la police le sait; elle n'y peut rien faire!

Comme je vous le disais en commençant, en présence des progrès constants de la *Muette*, il est du devoir du gouvernement de prendre une attitude.

Il faut sévir!

Quels sont les moyens de répression qu'on doit employer?

Grave question qu'on agite dans les conseils de l'État.

En effet, peut-on, sans jeter un certain trouble dans les populations, supprimer ou transporter en masse tous les individus qui vont le soir au café,

Jouent aux cartes,

Aux dominos,

Au billard,

Ou fument leur pipe?

Ceux qui se font photographier,

Montent sur l'impériale des omnibus,

Qui secourent les pauvres,

Suivent les enterrements,

Vont à la messe,

A la Bourse,

Lisent le *Petit Journal*,

Ou possèdent le portrait de saint Nicotin?

On hésite.

Les avis diffèrent, et cela se conçoit.

Mais, pleins de confiance, nous espérons qu'une détermination prochaine sauvera la société ébranlée sur ses bases.

LE PORTRAIT DE SAINT NICOTIN SE VEND CHEZ

ÉT. CARJAT

10, RUE NOTRE-DAME-DE-LORETTE, 10

(*Les commandes se payent d'avance*)

La nuit était belle, froide et claire.

L'ancien ambassadeur et l'homme sinistre, titubant légèrement tous deux, suivaient les anciens boulevards extérieurs.

Ils épanchaient ainsi leurs idées dans une douce familiarité :

« Ah ça! dites donc, vous? fit le diplomate.

— Monseigneur?

— Est-ce vrai toute cette lugubre histoire que vous nous racontiez tantôt?

— Votre Excellence pourrait-elle en douter?

— C'est que cela m'a tout l'air d'une assez mauvaise plaisanterie.

— Oh! Monsieur!

— Et vous me faites l'effet d'un alarmiste!

— Des gros mots!!! Bonsoir, citoyen! »

NOSTALGIE

———

Je n'ai certainement pas l'intention de vous contrarier, mais je vous assure que le plus beau pays du monde, c'est la Franche-Comté, — surtout du côté de chez nous.

Nos montagnes ne sont pas aussi hautes que les Alpes, mais elles sont bien plus jolies. Il n'y a point de glaciers, comme en Suisse, et c'est à peine si, dans le mois de juillet, vous retrouverez de çà de là quelques champs de vieille neige blanchissant les cimes sur le versant nord.

C'est sur ces hauteurs que, pendant l'été, deux philosophes — un vieux et un jeune, — isolés du reste du monde, surveillent les troupeaux de vaches venus de la plaine. Joignant l'expérience à l'activité, ils fabriquent ces grands disques d'excellent *vachelin* que vous autres, gens de la ville, vous appelez fromage de Gruyère. Chaque génisse porte une sonnette au cou ; les taureaux ont une grosse cloche, et quand le matin la bande accourt à l'abreuvoir, cela produit un carillon vif, joyeux, pénétrant, qui n'est pas de la petite musique, croyez-le bien.

Le bétail couche à l'air libre, sur l'herbe aromatique et fine qui le nourrit. Pour le garder, pas n'est besoin de ces chiens féroces qui mordent les jarrets des pauvres bêtes. Quand un loup se hasarde en ces contrées, le taureau sait bien défendre tout seul ses compagnes qui mugissent en ouvrant de gros yeux effarés.

L'aigle et le grand-duc tournoient sur les hauts sapins, mais la gelinotte s'abrite sous la feuillée, et les rapaces sont réduits à se rabattre sur les vipères qui dorment, en plein soleil, enroulées sur les rochers. L'exquise gelinotte est réservée pour l'instituteur « Monsieur le maître », comme nous disons, — ou pour le voyageur revenu de bien loin. C'est justice, car le premier est un pauvre brave homme qui a donné de bons conseils à deux ou trois générations, et le second nous raconte d'émouvantes histoires, le soir, à la veillée.

En descendant un peu, nous trouvons les forêts

de chênes nains et de coudriers, avec la glandée pour les sangliers, et les avelines pour les amoureuses. Au mois de septembre, nos jeunes gens viennent y récolter les noisettes, provision d'hiver. Ils chantent nos vieux airs, dans notre vieux patois que je traduis si mal :

> Mère, mettez le chat cuire ;
> Voici le galant qui vient.
> Mère, apprêtez-le bien,
> C'est le galant de votre fille ;
> Mère, traitez-le bien,
> C'est le galant de not'Catin.
> You ! you !... You ! you !...

Le poète a raillé. On ne mange point de chats dans nos montagnes. Nous mangeons le lièvre, de taille moyenne, il est vrai, mais bien préférable à ces grands imbéciles de lièvres allemands dont la chair est sans saveur.

Le you you, lancé à pleine poitrine, ondule sur les coteaux, traverse les collines et va tout au loin s'éteindre dans la vallée. Le chant cesse brusquement. On entend, sous la coudraie, de petits cris suivis de rires. Ce sont nos jolies *mugnottes*, attirées par la pipée, qui viennent aussi remplir leurs bas de laine de noisettes et de faînes.

C'est moi qui jetais bien le you you dans les airs !

J'avais seize ans, des poumons tout neufs ; le clairon du coq, le chant du paon, la trompe du pâtre n'auraient pu couvrir ma note aiguë, pleine et vibrante. Nu-pieds, vêtu d'une chemise de toile et d'un pantalon de droguet, j'abaissais les plus hautes branches des arbustes pour cueillir les bouquets de fruits, quand tout à coup je tombais en extase, frappé d'une adorable vision. C'était Lydie, la fille de notre voisine, qui venait me surprendre. Oh ! qu'elle était belle et charmante, avec ses grands yeux moqueurs, et sa bouche souriante qui laissait voir des dents fines, blanches, humides ! Je demeurais tout interdit. Un vieux sanglier, troublé par mes clameurs, débouchait du taillis en labourant de ses défenses le sable du sentier. Lydie, feignant l'effroi, se jetait dans mes bras.

Mon sang bouillait, mon cœur bondissait, mes tempes éclataient, mais que voulez-vous ? comme un sauvage que j'étais — et que je suis encore, — j'avais le respect de la jeunesse, de la grâce et de la fraîcheur !

Nous revenions vers le village en récoltant les pêches qui mûrissent le long des roches chauffées par le soleil. Je connaissais dans la rivière les endroits où gisent les écrevisses si succulentes, et les truites trois-quarts si vives, si délicates. (J'espère bien que personne ne contestera mon adresse à pêcher la truite et l'écrevisse.) Il y avait aussi ces grosses carpes qui sont si bonnes cuites dans du vin rouge, avec des oignons et des tartines sous le ventre. Ah ! les joyeux soupers et le bel appétit !

Nos rivières, nos torrents, nos ruisseaux, parlons-en. J'ai vu la verte Adriatique et la Méditerranée aux flots bleus ; j'ai vu l'Océan tout gris et la Manche qui brise ses lames avec d'immenses panaches d'écume. Mais la mer a partout la même voix grondeuse, grave, solennelle. Nos rivières murmurent, chantent, babillent, et elles ont toutes un accent différent. La profondeur et la largeur de leur lit, la hauteur des chutes, les accidents causés par les rochers varient leurs mélodies à l'infini. Est-ce ma faute, à moi, si vous ne savez pas noter les harmonies diverses de la nature ? Soyez tranquilles ; nous autres, nous saurons toujours distinguer la chanson de l'*Ognon* de la chanson du *Rahin*.

Le pays n'est pas riche, mais il n'y a point de misérables. Nous vendons nos bœufs, nos veaux et nos moutons aux beaux messieurs de la ville. L'industrie réside dans une fabrique de vis à bois, dans une usine de clefs de montre et dans deux ou trois scieries de planches. C'est maigre, sans doute, mais cela nous suffit pour garnir nos celliers de ces vins de Poligny, de Salins ou d'Arbois, agréables au palais, chauds au cœur, et qui ne sont convenablement goûtés que chez nous.

Par un matin d'avril, tiède et lumineux, je quittai la montagne. Lydie et sa mère voulurent absolument accompagner mes parents, qui me conduisirent à deux lieues de là pour attendre, sur la grande route, la diligence de Paris. Les adieux furent pénibles, comme bien vous pouvez croire. Quand Lydie m'embrassa pour la dernière fois, elle rougit très fort en murmurant tout bas : « Grand innocent ! »

Mes parents ne sont plus, mes amis d'enfance m'ont oublié et je n'ai pas un pouce de terre dans ce beau canton que j'aime tant. Souvent, je me suis dit : « — Décidément, j'irai là-bas l'année prochaine. Je veux faire un dîner dont voici le menu : Énorme pyramide d'écrevisses, truites frites au beurre, ragoût de lièvre, filet de sanglier, gelinotte rôtie devant un feu clair, pêches, avelines et vachelin. Lydie me versera de tous les vins du pays, et nous causerons des jours passés. »

Je n'ai jamais pu réaliser ce beau projet. Pourquoi ? Qu'importe ! Mais bientôt, quand la mort m'aura rendu libre, mon âme retournera dans la douce vallée. Pendant l'hiver, je sifflerai furieusement dans les branches des grands sapins, et je

mêlerai de sinistres lamentations à la voix puissante
du torrent. L'été, à la tombée du jour, j'accrocherai
les jupes des jeunes filles aux ronces sauvages qui
bordent la route; j'allumerai les feux-follets qui
égarent les voyageurs dans les marécages, et je
nicherai des couleuvres dans les trous d'écrevisses.

Les fillettes viendront confier leurs terreurs à la
mère Lydie, vieille au nez crochu, au menton de
galoche; mais ma première amoureuse répondra
en hochant la tête :

— Taisez-vous, petiotes. C'est un enfant du
pays qui souffre et qui se plaint, parce qu'il n'a
pas su, ou qu'il n'a pas pu, vivre et mourir parmi
les siens.

LA FÉE DES MINES

Puisque vous me consultez sur l'emploi de vos vacances, croyez-moi, mon cher ami, prenez le chemin de fer qui vous conduira en quelques heures à l'extrémité du département de la Haute-Saône. C'est une contrée peu explorée, très pittoresque, toute remplie de souvenirs historiques et de légendes fabuleuses. Si l'Irlandais Colomban a fondé le monastère de Luxeuil, c'est son compagnon saint Dèle qui a créé celui de Lure. A deux pas de cette charmante petite ville, on vous montrera l'endroit où, en enfonçant son bâton dans la terre, le missionnaire fit surgir d'énormes sources qui forment une rivière presque navigable. C'est un lieu sauvage, plein d'ombre et de fraîcheur, où les loutres aiment à venir pêcher de succulents poissons.

Mais quittez la ville pour gagner au plus tôt la chaîne de nos incomparables montagnes. Vous laisserez sur votre droite l'éminence sur laquelle s'élève la chapelle de Ronchamp. Autrefois, il y avait là une Notre-Dame qui faisait bien plus de miracles que celles de Lourdes ou de la Salette, et guérissait tous les affligés. Les mécréants qui se permettaient de rire de la bonne dame étaient saisis par les moines et plongés tout vivants dans des *in-pace* qu'on retrouve encore dans les ruines d'une ancienne abbaye. C'est un moyen péremptoire pour stimuler la foi, et quelques bons esprits regrettent amèrement que cet usage ne soit plus dans nos mœurs.

Avancez toujours ; visitez rapidement la houillère de Ronchamp, la verrerie de Champagney et les ruines du château de Passavent : c'est alors que votre excursion prendra son véritable caractère.

Tout en pointant la carte de l'état-major, suivez bien mon récit. Après avoir traversé Plancher-Bas, vous avez à votre droite de hautes carrières d'ardoises et à votre gauche le Rahin, dont les eaux grondent en sautant sur leur lit de roches ; mais plus loin, après le Magny et les dernières chaumières du Rapois, la route se resserre entre deux

montagnes et vous traversez le torrent sur un pont
de bois. Marchez encore quelque temps sous le
chemin couvert et vous remarquerez bientôt une
branche de sapin, creusée en gargouille, qui sort
du talus et laisse tomber le filet clair d'une source
vive dans une auge rustique de granit rose. Les
bestiaux s'arrêtent ici pour boire, car la source
jouit d'une excellente renommée. Tout à côté, à
demi cachée par les ronces grimpantes, est une
grotte percée par la main des hommes. Ce trou,
haut de deux mètres, large d'autant, est noir et
d'un aspect sinistre. Au bruit de vos pas, vous entendez les vipères et les couleuvres fuir dans les
broussailles.

Vous vous demandez quel est cet antre ? C'est
une galerie qui conduit à une mine d'argent. En
effet, il y a une soixantaine d'années, un paysan
passant le soir dans ce lieu désert, vit apparaître
la Vierge Blanche qui, du bout de sa baguette de
coudrier, lui indiqua l'endroit où gisaient des richesses inouïes. Aidé de quelques compagnons, le
brave homme attaqua le sol et découvrit presque
aussitôt des filons brillants d'argent natif interca-
lés dans les fissures des roches. Le travail était
pénible et lent, car la dynamite n'était point inventée ; les frais dépassaient les bénéfices, et la

mine fut abandonnée. Dans ce petit pays, je pourrais vous indiquer vingt gisements précieux qui
ne sont pas exploités, mais qui prouvent que
Plancher-les-Mines est bien digne de son nom.

C'est à cette fontaine que m'est arrivée une singulière aventure. Un dimanche, en plein midi, je
m'étais assis sur une roche moussue, et, tirant de
la poche de ma veste une galette de sarrazin, je
déjeunais de bel appétit ; je buvais, luxe insensé, dans un gobelet en cuir bouilli. Tout à
coup, j'entendis des cris, des chants et des rires,
et du tournant du chemin je vis déboucher tout
un essaim de vierges folles. C'étaient les *mugnottes*
d'Auxelles qui se rendaient à la fête de Fresse, la
plus belle du pays, comme vous le savez sans
doute. A ma vue, elles s'arrêtèrent un peu surpri-
ses ; elles contemplaient ce grand dadais de
seize ans qui, les jambes ballantes, restait la bouche ouverte ; elles examinaient curieusement ma
mise, ma galette et ma tasse en cuir bouilli. L'une
d'elles me reconnut probablement, car elle s'é-
cria :

— *Ço lo boube à Piarre, qué devint cheux son
unquiem Doudou.*

(C'est le fils de Pierre qui va chez son oncle
Auguste).

1.

La glace était rompue, les jeunes filles s'approchèrent en riant. Elles étaient huit, vêtues de leurs plus beaux atours, cornettes en velours parsemé de paillons d'or, corsages garnis de rubans, jupons multicolores ; il y avait des brunes, des blondes et des rousses, des yeux noirs, des yeux verts, des yeux bleus ; elles me montraient dans leur sourire narquois un tas de dents blanches, et, pour un moment, je me crus un innocent agneau offert en pâture à une bande de crocodiles. Je ne courais aucun danger, car elles étaient trop nombreuses. Ah ! si elles n'eussent été que trois !...

Les folles voulurent boire dans ma tasse en cuir bouilli, et, pour préserver leurs caracos, je fus obligé de leur approcher moi-même la coupe des lèvres. A vrai dire, ma main tremblait un peu.

Elles me contraignirent ensuite à leur chanter une romance, et, à quatre reprises, je dus leur débiter cette poésie sentimentale :

> Je veux t'aimer, mais sans amour.
> Je veux t'aimer comme moi-même.
> Je veux t'aimer comme l'on aime
> Du printemps le premier beau jour !

Charmées, elles écoutaient sans comprendre.

Les natures simples ont le privilège d'être profondément émues par de semblables inepties.

Pour me remercier, les belles filles vinrent m'embrasser tour à tour, et, suivant l'usage du pays, je leur rendis cette politesse. Comment se fait-il que huit bouches si fraîches et si roses puissent vous laisser les joues si brûlantes ?

Les effrontées me quittèrent enfin et longtemps je les entendis chanter :

Ço li dgens di Réfayo
Li meillou d'gens di monde ;
A mangeant di camboyo
A tant qu'a zen sint gonfieu !

Après avoir copieusement soupé à Plancher-les-Mines, priez votre hôte de vous guider vers la Planche-des-Belles-Filles. Il y consentira, sans doute, et c'est une petite excursion dont vous garderez bon souvenir. Pour moi, je me souviens avec plaisir d'avoir fait cette ascension en compagnie de mon oncle Doudou et de ma cousine Laïde.

Nous partîmes à la tombée du jour. Doudou portait en bandoulière son carnier chargé de victuailles, et, comme contrepoids, une peau de bouc qu'il avait rapportée d'Espagne du temps qu'il était soldat. La peau de bouc contenait six litres de vin de Vouhenans. Mon oncle aimait à

prendre ses précautions, et ce n'est pas moi qui
l'en blâmerai.

La nuit était sans lune, mais les étoiles brillaient au ciel. Après avoir un peu remonté le cours
de la rivière, mon oncle prit un étroit sentier. La
montée commençait. Il n'y a rien au monde d'aussi
joli que le ballon de chez nous, la Planche-des-
Belles-Filles. Les envieux lui préfèrent le ballon
de Servance ; mais il ne faut pas les écouter, car
les gens de Servance sont de ces êtres qui veulent
toujours avoir un ballon plus beau que celui des
autres.

Le sentier monte à travers de grands pâturages
semés de quelques arbres fruitiers et conduit à
une forêt de hêtres et de chênes. Dans le bois, le
chemin devient difficile parce qu'on ne voit plus
clair et que le pied à chaque instant se heurte à de
grosses racines. Quand je trébuchais, Laïde riait en
se moquant, et, dame ! je rageais. Mais voilà que,
dans une clairière, cette petite folle se prit à crier :

— Jean, cousin Jean, veux-tu voir le loup ?

Et, sans attendre mon avis, elle se mit à hurler
deux ou trois fois dans son sabot. Dans le lointain, un cri de même genre lui répondit comme
un écho. Laïde répéta son chant lugubre, mais
tout à coup un hurlement formidable retentit à

nos oreilles, et un loup, aux yeux brillants, tra-
versa le taillis à dix pas devant nous. Je n'eus pas
peur, car mon oncle était armé d'un bâton ferré ;
mais enfin, pendant la nuit, de telles plaisanteries
sont d'un goût douteux.

Je respirai plus tranquillement quand nous
fûmes hors du bois, au milieu des herbages où
reposent une centaine de vaches et cinq ou six
taureaux. Encore un effort, et nous arrivons à
la cabane en pierres sèches qui abrite le pasteur
du troupeau.

Quand il fut réveillé par mon oncle, le berger
dormait profondément dans un cadre de bois, près
d'énormes marmites en fonte où il fait bouillir
son lait. Les deux vieux se connaissaient de longue
date ; en un instant on débarrassa le carnier de
ses provisions, c'est-à-dire d'une miche de pain
bis, d'un gros saucisson et de crêpes froides. La
peau de bouc circula de bouche en bouche et, pour
dessert, nous eûmes une jatte de crème coupée
d'eau de cerises. Un souper exquis !

Vers trois heures du matin, le berger nous fit
quitter sa cabane, et, en quelques minutes, nous
atteignîmes le plateau de la Planche-des-Belles-
Filles. Là, deux ou trois arbres chétifs penchaient
leurs branches vers le midi.

Les étoiles avaient disparu, le ciel était noir ; pas un souffle d'air ; un silence imposant. Une bande pâle indiqua l'horizon, puis, tout à coup, parut un feu couleur cerise, et, lentement, une masse ronde, semblable à un grand chaudron de cuivre, s'éleva dans les ténèbres. Peu à peu, ce disque montait et devenait orangé. La lumière s'accentuait ; déjà, nous pouvions distinguer les mouvements de terrain et les sommets des montagnes qui se trouvaient à nos pieds. Ce spectacle dura — que sais-je ? — dix minutes, et jamais je n'éprouvai impression plus profonde. Toute l'Alsace était devant nous : au fond, la Suisse. Les vieux désignaient tout bas les villes, les cours d'eau, les plaines. Le soleil maintenant avait tout son éclat, et cependant, derrière nous, la vallée était encore dans l'obscurité. Laïde, frissonnante et muette, se serrait contre moi.

Le grand jour s'est fait. La brise souffle en secouant la forêt ; les oiseaux de nuit regagnent lourdement leurs retraites ; l'aigle, quittant son aire, plane en cherchant sa proie. Le troupeau mugit. La nature tout entière sort de son évanouissement et recouvre son animation.

Des vapeurs blanches s'étalèrent dans les vallées et voilèrent le paysage.

— Voilà la rosée, dit le vieux pâtre ; il n'y aura point d'orage aujourd'hui et je n'ai rien à craindre pour mon lait.

Un soupçon me saisit, mon cher ami. Je suis certain que vous irez passer vos vacances sur les côtes de Normandie et de Bretagne. Mais alors, pourquoi diable me laissez-vous raconter mes histoires franc-comtoises ?

LA PRINCESSE ET LES FUNAMBULES

~~~~~~~~

Ceci remonte au temps de ma folle jeunesse.

Tiens, un vers? ah ! pardon, mais je n'en ferai plus.

Donc, dédaigneux de l'enseignement académique et des traditions classiques du Conservatoire, je fis tout simplement mes premiers débuts sur la scène du théâtre Montmartre. Faute grave, je le reconnais. Tandis que j'aspirais sérieusement à l'héritage de Frédérick-Lemaître, mon directeur, qui ne partageait pas mes illusions, ne me confiait que des *pannes*, c'est-à-dire des rôles de confident, de geôlier, de gendarme ou autres *utilités* aussi fastidieuses. Tout déconcerté, froissé dans mon amour-propre, déçu dans mon ambition, je fus trop heureux d'accepter un engagement pour la

Russie, où, pendant trois années, je tins, non
sans succès, l'emploi des troisièmes amoureux sur
le théâtre français de Pétersbourg.

C'est là que je connus la princesse Barbarine.
Le prince, nouvellement marié, désirait donner
dans son palais une série de fêtes brillantes où les
plus charmants proverbes de notre répertoire devaient être interprétés par les plus jolies femmes
de la cour.

Il fallait naturellement qu'un homme du métier
réglât les indications de la mise en scène, surveil-
lât les répétitions et fît observer les différences
d'intonation. Barbarine appréciait mon jeu élégant, chaud et réservé ; il aimait mon irréprochable
diction, qualité fort goûtée en Russie ; grâce à ces
légers mérites, je l'emportai sur mes autres compagnons et je fus chargé d'organiser le théâtre en
miniature.

La princesse n'avait pas vingt ans ; elle était
grande et blonde. Son visage, aux traits parfaitement réguliers, exprimait d'ordinaire un caractère
altier qui tout à coup s'adoucissait dans l'expan-
sion d'une gaîté folle. Ces changements subits
frappaient d'autant plus que cette belle tête semblait n'avoir jamais été éclairée que par les pâles
rayons de la lune ou par la lumière fatigante des

bougies. On eût dit que les ardeurs du soleil n'a-
vaient jamais brûlé ces longs cils bruns qui om-
brageaient de grands yeux vert de mer. Instruite
comme un vieil oratorien, elle parlait je ne sais
combien de langues mortes ou vivantes ; elle avait
tout lu et tout retenu, et ce savoir faisait l'étonnement perpétuel d'un pauvre comédien ignorant
tel que moi. Elle avait en outre une humeur mobile, fantasque, bizarre, capricieuse qui déroutait
sans cesse tous les familiers de la maison.

A cette époque, j'avais du cheveu, de l'œil, de
la dent, et une inaltérable gaîté... Je n'ai pas ici
à faire mon propre éloge, et s'il vous plaît d'avoir
de plus amples renseignements, vous pouvez
vous adresser à Saint-Pétersbourg. J'ajoute simplement que le prince et sa femme m'honorèrent
d'une amitié qui ne s'est jamais démentie.

Trois ans plus tard, de retour à Paris, je jouais
les « Léandre » au théâtre des Funambules. Un
soir, après une représentation de *Pierrot pendu*, la
vieille concierge de la salle entra précipitamment
dans ma loge en s'écriant :

— Monsieur ! monsieur ! il y a un équipage
superbe à notre porte, avec deux grands laquais
en perruques blanches. Mince de chic pour le
boui-boui !

— Que m'importe !

— Oui, mais il y a aussi une belle dame qui vous envoie ce poulet.

J'ouvris un billet qui portait ces mots tracés d'une fine écriture.

» Cher Léandre,

Vous avez été charmant, comme toujours, mais vous me paraissez un peu mélancolique. Auriez-vous quelque chagrin, mon vieil ami ? C'est ce que vous direz tout à l'heure, n'est-ce pas ? à votre élève affectionnée.

Fœdora. »

Saprelotte ! La princesse était à Paris et je n'en savais rien ! Je répondis sur-le-champ :

« Princesse,

« Le temps d'essuyer mon rouge, d'ôter mon costume et je suis à vous. Daignez m'attendre à la sortie des artistes, rue des Fossés-du-Temple.

Votre respectueux et fidèle

LÉANDRE. »

Trois minutes après, je retrouvais la princesse à la place indiquée. Nous avions à peine échangé les premiers compliments que Fœdora me dit avec cet accent fort à la mode sur la Perspective de Newski :

— Or donc alors, cher ami, j'ai un service à vous demander.

— Tout à vos ordres, princesse.

— Eh bien ! donc, je suis folle d'un de vos camarades. Le Polichinelle napolitain m'a fait horreur ; il n'a pas de bosses, il a le nez noir, il est triste ; mais votre Polichinelle français a un beau nez rouge, sa double gibbosité est ravissante : et puis il est gai, bavard, disloqué, médisant, imprévoyant et tout plein de désinvolture. C'est celui-là que j'adore, que je veux voir de près, à la ville, sous ses habits bourgeois, et vous ne me refuserez pas ce plaisir.

— M. de Ridder doit être en ce moment au café du Cirque ; si vous voulez venir...

— Partons bien vite !

En effet, M. de Ridder était au café. Il prenait des grogs américains à une table où se trouvaient Fernand Desnoyers, le poète, Marco, l'ornemaniste, et Piton, le peintre. Nous prîmes place à la même table. Fœdora, tout en cueillant du bout des doigts une cerise à l'eau-de-vie, restait en extase devant le pitre illustre. Celui-ci enseignait à Fernand la façon de se servir de la *pratique*, et le maître et l'élève se repassaient fraternellement le petit instrument sonore. Fœdora, la folle ! voulut même placer, entre ses lèvres roses, la mince lame d'ivoire !

Il se faisait tard ; on allait fermer le café. Je priai à souper l'aimable société qui me suivit allègrement rue du Faubourg-du-Temple. En face la maison Passoir, il y avait un pâtissier-rôtisseur nommé Douai, chez lequel les artistes trouvaient, après minuit, bon gîte, bon vin et médiocre nourriture. Boutin et Colbrun, deux amis inséparables, s'y rencontraient chaque soir. On bavarda joyeusement jusqu'à l'aube, et la princesse, charmée, proposa de fonder le souper du mercredi.

Ces rendez-vous durèrent trois mois, tout un hiver.

A tour de rôle, les convives racontaient quelque incident de leur vie aventureuse et j'ai recueilli là toute une hottée de souvenirs pittoresques ; si vous le permettez, cher lecteur, nous pourrons faire ensemble un tri dans ces récits sauvages et sans prétention.

NOIR ET BLANC

NOIR ET BLANC

Dès cinq heures du matin, nous étions installés sur le côté gauche de l'île Saint-Ouen, près du petit bras de la Seine. Assis sur un siège en sparterie, la palette à la main, René couvrait un vieux panneau posé sur un chevalet mobile. Il esquissait l'île Cabeuf, située en amont du fleuve. Les masses des arbres se figeaient encore sur un ciel gris laiteux et ne se reflétaient que par plaques dans des eaux qui semblaient fumer.

Moi, je grillais des cigarettes, en battant la semelle sur les bords de la berge. Que voulez-vous ? J'aime la nature dans tout son épanouissement, avec ses vives couleurs et sa lumière éclatante ; René, le sournois, préfère la surprendre au saut du lit, ou bien quand elle revêt ses derniers voiles. Recherchez l'œuvre de René dans les livrets du Salon ; vous lirez invariablement : *Effet du matin*, *Effet du soir*, *Avant l'orage*, *Après la pluie ;* le malheureux ne sort pas de là. Eh ! sans doute, il a du talent, un grand talent ; depuis trente ans, les critiques le lui répètent à satiété ; il est médaillé, décoré, bien coté sur la place ; il donne à ses compositions un aspect romantique, mélancolique et doux. Mais le soleil, misérable ! le soleil, qu'en fais-tu ?

Le soleil ! Diaz le laisse filtrer en lamelles d'or sur les terrains de ses sous-bois ; parfois Théodore Rousseau en égaie le fond de ses plus belles toiles ; seul, Jules Dupré, notre maître vénéré, a osé lui rendre son incomparable magie.

Ce n'est pas sans quelque bon motif que je me plais à éreinter mon excellent compagnon.

A huit heures, les vapeurs matinales se dissipèrent. René changea de place pour faire une seconde étude. Je lui tournai le dos et m'assis sur un caillou ; puis je tirai de ma poche un godet plein d'encre, un godet plein d'eau, un pinceau d'un sou et un carnet à croquis. Mince bagage, comme vous voyez. A ma droite, s'étendait une allée où l'orme, le frêne, l'acacia, le sureau mêlaient leurs essences; du tronc noueux des saules s'élevait un fin branchage qui, à la moindre brise, secouait des feuilles glacées d'argent. Près du bord de l'eau, les terres éboulées par les inondations laissaient voir des souches tordues, comme des corps de gros serpents, qui sortaient du talus en poussant çà et là quelques traces d'une nouvelle végétation. Les arbres se réflétaient dans le miroir avec une intensité trompeuse. En face de moi, j'apercevais ce vieux moulin tout noir, bâti sur pilotis, campé d'une façon si pittoresque sur une sorte de canal étroit, construction baroque qui faisait la joie des rapins de mon temps. A ma gauche, la plaine de Gennevilliers s'allongeait vers un horizon tout bas.

Connaissez-vous mes desseins à l'encre? Non. Tant pis pour vous. Sans modestie, ils sont charmants. Rien que du noir et du blanc, mais quelle variété dans les valeurs! quelle puissance dans les ombres! quelle délicatesse dans les lumières! C'est George Thomas, le célèbre aquarelliste anglais, qui m'a initié aux mystères du *black and white*. Et puis, tout comme les malins, je connais les trucs, ficelles et procédés.

Jadis, j'habitais à Barbizon une chambre située au rez-de-chaussée. Comme j'aimais à me promener dès l'aube à travers les bois et les plaines couvertes de rosée, je mettais de gros sabots pour éviter l'humidité dangereuse. Si je ne voulais sortir, j'ouvrais ma porte et je me trouvais devant un chemin creux bien ombreux, dont le sol était orné de fragments de roches, de mousses et de lichens. Au fond, dans une éclaircie ensoleillée, je voyais passer parfois une paysanne, vêtue d'un châle rouge, qui, montée sur un âne, s'en allait au marché de Melun. Eh bien ! quand je chausse mes gros sabots, il me semble que si j'ouvrais ma porte, je reverrais encore l'allée feuillue, les rochers et les mousses, la paysanne et le ton vif de son mouchoir, l'âne trottinant au lointain dans la lumière de l'éclaircie... L'inspiration arrive.

Si l'esprit est paresseux et rebelle, j'ai recours aux grands moyens. Quand j'allais travailler en forêt, j'emportais toujours une petite sonnette pour effrayer les vipères qui pullulent sur les plateaux. Aussi, tout absorbé que je fusse par l'exécution de mon étude, je ne manquais point de l'agiter de temps en temps, drelin, drelin, et j'entendais les reptiles qui fuyaient sous les bruyères. A Paris, chez moi, quand la mémoire me fait

défaut, j'agite ma petite sonnette, drelin, drelin,
et je crois entendre encore les vipères qui se sau-
vent dans les broussailles et sous les fougères. Un
souvenir précis illumine mon intelligence... et je
crée un nouveau chef-d'œuvre.

René vint troubler ma rêverie :

— Ah ça ! grande bête, s'écrie-t-il, comment t'y
prends-tu pour faire, avec tes grosses pattes, des
choses aussi jolies ?

Remarquez, je vous prie, que ce compliment
ne vient pas de moi.

Mon ami, sans façon, déchira la page de mon
carnet et renferma soigneusement mon dessin
dans sa boîte à couleurs.

Nous étions seuls dans l'île, ou du moins, depuis
le matin, nous n'avions pas aperçu un traître chat.
René crut le moment favorable pour prendre un
bain avant le déjeuner. Il se déshabilla en deux
tours de main, piqua une tête et se mit à nager
comme un vrai triton.

Les sons d'instruments bizarres vinrent troubler
notre solitude. Pour me rendre compte d'où
venait ce bruit, je grimpai sur la chaussée qui traverse l'île. C'était une noce qui débouchait du
pont et s'avançait de notre côté ; elle se composait
d'une vingtaine de personnes. Ne me contraignez

pas à faire, après tant d'autres, la description dé-
taillée de braves parents qui fêtent joyeusement
l'union de leurs enfants. Je dirai pourtant que le
cortège était guidé par deux musiciens. Le premier, artiste salarié, jouait du violon ; l'autre un
amateur au ventre énorme, soufflait sans relâche
dans une flûte en or, ou pour le moins en bois
doré. Tous les dix pas, la bande s'arrêtait sur la
route pour essayer un quadrille ; la mariée faisait
vis-à-vis à son beau-père ; le marié, comme de
juste, dansait avec les vieilles femmes ; les autres
se trémoussaient de leur mieux, et l'oncle Antoine,
lui-même, sans lâcher sa flûte d'or, battait des
entrechats vertigineux. Tout à coup, le gai peloton
s'ébranla sur le talus et se précipita vers le cabaret
attenant au vieux moulin.

Cinq minutes après, l'oncle Antoine reparut sur
le bord de la berge ; échauffé par cette folle sara-
bande, il venait respirer l'air frais sous les grands
arbres. Il vit de loin mon ami René qui barbottait
dans la rivière. Séduit par l'exemple, tenté par la
transparence de l'eau, le bonhomme défit ses vêtements et se hasarda vers la rive. Il n'avait pas fait
quatre brassées, qu'il disparut soudainement dans
le fleuve.

Tandis que René allait à son secours, je courus

vers le cabaret, en levant les bras en l'air et en hurlant de toutes mes forces :

— Venez vite ! C'est l'homme à la flûte d'or qui se noie !

Les gens de la noce arrivèrent à mes cris et, quand ils connurent l'accident, ils se précipitèrent pêle-mêle vers le lieu du sinistre. Les femmes gémissaient, les hommes juraient ; c'était un spectacle tout à fait attendrissant.

Le vieux paysagiste avait repêché à temps l'imprudent flûtiste qui gisait inanimé sur le sol. Plein de sang-froid, René donnait des ordres avec un ton de commandement qui m'étonna.

— Vous autres, disait-il aux hommes, prenez-le par les jambes ; je soutiendrai la tête. Vous, femmes, calmez-vous et ne geignez pas si fort. Toi, cours à l'auberge et fais préparer des couvertures et des linges chauds.

J'exécutai ma mission avec un empressement louable, et je mis le cabaret sens dessus dessous.

Le triste cortège arriva bientôt. L'oncle Antoine fut étendu sur une table, la tête posée sur un coussin. René commença par frictionner vigoureusement le corps qu'il entoura de linges chauds, puis il fit sur les flancs des pressions multipliées et cadencées pour rendre aux poumons leur jeu naturel.

— Donne-moi une cuillère ; bourre-moi une pipe, me cria-t-il.

Cette dernière injonction me surprit beaucoup, car René n'avait fumé de sa vie. J'obéis cependant, et j'eus même le soin d'allumer la pipe.

Avec la cuillère, mon ami parvint à desserrer les dents du moribond, puis il lui pressa le nez entre le pouce et l'index, et, de bouche en bouche il lui insuffla de la fumée de tabac.

L'assemblée anxieuse, attendait le résultat de ces efforts.

Enfin, le diaphragme se mit à fonctionner ; l'homme à la flûte d'or poussa une longue inspiration ; il ouvrit un œil, puis l'autre, et la figure reprit peu à peu le ton du vermillon, sa couleur naturelle. Contraste étrange, tandis que le noyé revenait à la vie, son sauveur blémissait affreusement et, chez tous les deux, les accidents terminaux, causés par des points de départ si différents, furent exactement les mêmes...

L'oncle Antoine était sauvé ! Les gens de la noce renaissaient à la joie.

En ce moment parut un nouveau personnage, le garde champêtre de la localité. Il promena sur l'assemblée un regard sévère, puis s'adressant à René :

— Que je vous déclare procès-verbal... que vous vous êtes baigné dans un costume indécent !...

En braves et honnêtes gens qu'ils étaient, les invités de la noce n'avaient point remarqué que, depuis une heure, René était à l'état de simple nature. Sur l'observation du bon garde champêtre, les femmes s'enfuirent en rougissant, et les hommes jetèrent une couverture sur le dos de René qui s'évanouit.

De ce jour-là, j'ai compris ce que l'on entend par « le prestige de l'autorité ».

Et tout doucement, à part moi, je me disais en me frottant les mains :

— Cela t'apprendra, mon vieux, à me chiper mes croquis !

OH! PAPA!

OH! PAPA!

Quand nous allions à l'école, mon petit frère et moi, nous étions contraints de traverser le boulevard des Filles-du-Calvaire, et ce court trajet présentait de telles attractions que toute notre vertu suffisait à peine pour nous faire persévérer dans le droit chemin.

Songez donc à ceci. Tout près du poste de la *Galiote*, sous les grands marronniers, il y avait la baraque où M. Thomas faisait mouvoir, parler et chanter ses marionnettes en bois dans des drames ou comédies qui s'appelaient la *Tentation*, le *Pont cassé*, la *Découverte de l'Amérique*, etc., etc. Le père Thomas, — comme nous disions avec assez d'irrévérence, — attirait le public en exécutant la parade sur une estrade en plein vent. Il avait un pitre, — le modèle des pitres, — qui lui tenait tête pour les lazzis insensés, les coq-à-l'âne impossibles, les histoires les plus décousues, les chansons les plus risquées ; de sorte que les auditeurs hésitaient à décerner le prix d'entrain au maître ou au valet. Cependant, comme on affirmait que M. Thomas était propriétaire d'une maison, rue du Pont-aux-Choux, la balance penchait naturellement en sa faveur.

Plus loin, en face du Lazari, on rencontrait M. Guillaume qui, avec un énorme marteau, cassait publiquement des pavés sur le ventre de madame son épouse. En outre, M. Guillaume saisissait des chaises avec ses dents et les lançait en l'air, tandis que madame, — une brune superbe, — soulevait à bras tendus deux militaires de bonne volonté.

Il y avait aussi le marchand de cirage qui démontrait l'excellence de son produit en faisant reluire le soulier d'un badaud et en laissant l'autre tout crotté. Puis l'homme qui faisait fusiller un

pauvre serin vert par un peloton de moineaux
francs.

Près de la fontaine du Château-d'Eau, M. Paul,
tout vêtu de noir, grave comme un savant, donnait des séances de cartomancie, de chiromancie
et de gyromancie. Son serviteur jouait de la trompette, hurlait des chansons, racontait ses aventures, prouvait que son patron était un vilain
cancre, et, quand la foule formait un cercle assez
vaste, M. Paul faisait subitement une entrée ma-
jestueuse, malmenait quelque peu son paillasse et
terminait en adressant son petit boniment à l'aimable société.

Ce jour-là, le soleil brillait, l'air était tiède et
tous les passants avaient un air de fête. Ma foi,
sans songer à mal, mon petit frère et moi, nos
livres sous le bras, nous obliquons à droite pour
voir toutes ces belles choses. Puis, toujours mu-
sant, le nez au vent, le temps nous surprit. L'heure
de l'école était passée ; il fallait prendre un parti.
Nous nous décidons à flâner jusqu'au soir.

Plus grave encore que d'habitude, M. Paul était
assis sur le parapet qui bordait à cette époque la
rue de Bondy. Il me toisait depuis quelques instants. Long, sec, maigre, basané, vous ne sauriez
croire combien j'étais laid dans ma prime jeu-

nesse. Ce n'est guère que vers mes trente ou
trente-cinq ans que je suis devenu... Mais enfin,
passons.

Le tireur de cartes me fit un signe du doigt.
J'approchai.

— Mon ami, sais-tu la parade ?

— Certainement, Monsieur, m'écriai-je, tout indigné d'un doute pareil.

— Sais-tu chanter ?

— Très bien ; seulement je ne sais pas jouer de
la trompette.

— C'est fâcheux, sans doute, mais avec un peu
de bonne volonté... Écoute, voici ce qui m'arrive.
Mon clerc me fait défaut ; j'ignore ce qu'il est devenu ; peut-être a-t-il eu quelques démêlés avec le
gouvernement. Veux-tu le remplacer ? Si tu réussis,
je te donnerai de beaux appointements : quinze
sous par séance. Cela te plaît-il ?

— Mais oui, Monsieur ; cela me va tout à fait.

— Eh bien ! viens déjeuner avec moi.

— C'est que j'ai là mon petit frère...

— Ah ! Dis à ton petit frère de venir avec nous.

En ce temps-là, il y avait des femmes qui se promenaient sur le boulevard en portant un éventaire
sur le ventre, et qui faisaient rissoler des tripes sur
un petit réchaud. M. Paul nous offrit deux fortes

portions de ce comestible alléchant et nous conduisit chez un marchand de vin de la rue Basse.

Après le repas, on m'habilla. Une énorme perruque en filasse jaune, un gilet rouge avec de grandes fleurs en paillettes d'argent, un large habit vert Louis XV. Jugez de ma joie et aussi de mon émotion! Car enfin, ce début si inespéré pouvait troubler un cerveau plus robuste que le mien.

Nous remontons sur le boulevard. Mon petit frère portait mes livres sous un bras, les siens sous l'autre. Il fut mon premier spectateur.

Si vous croyez qu'il est facile de grouper autour de soi, en pleine rue, trois ou quatre cents auditeurs! Non, mais je vous en prie, essayez donc un peu pour voir. Certes, je ne veux pas faire l'éloge de mon talent, mais enfin je dois à la vérité de déclarer qu'au bout de dix minutes j'avais été contraint de repousser trois fois le public pour élargir le cercle.

Mon succès — car c'était un bien vrai succès — me gonflait le cœur et réchauffait ma verve. Tous ces yeux fixés sur vous, toutes ces oreilles attentives, tous ces rires approbatifs... O charme de la popularité, je n'ai goûté qu'une fois à ta coupe enivrante, mais je m'en souviendrai longtemps!

> Nou ami, comment qu'tu t'appelles?
> Mam'selle, je m'appelle Nigaudin.
> Quelle ivresse!
> Quelle tendresse!
> Elle me presse
> Contre son sein...

Et cela marchait, cela partait, cela vibrait si bien que mon petit frère, — au fond jaloux de ma verve, — avait laissé tomber nos livres à terre pour m'applaudir des deux mains.

J'en étais à ce moment difficile où le patron fend la foule pour entamer le dialogue avec son employé. En effet, je vis le public s'écarter pour livrer passage à un personnage que j'étais loin d'attendre. Croyant à l'arrivée de M. Paul, je continuais à lancer à pleins poumons mes couplets et mes calembredaines, quand une voix bien connue retentit à mon oreille :

— Mais... mais... je ne me trompe pas? C'est mon grand drôle!

Je me retourne vivement :

— Oh! papa!

Oui, c'était mon père, sévèrement boutonné dans sa longue capote, suivant l'usage des vieux militaires, qui brandissait vers moi sa grosse canne en bois de houx. Par quel hasard se trouvait-il là? Comment m'avait-il reconnu sous mon étrange accoutrement? C'est ce que je ne me permis point de lui demander.

Saisi d'un formidable effroi, d'un bond je traverse la foule et je me sauve à toutes jambes en remontant le boulevard. Mon père court après moi. Le saltimbanque, qui de loin voit fuir son habit vert et sa perruque filasse, court après mon père. Mes trois cents auditeurs galopent à qui mieux mieux.

On ne parvint à m'arrêter que près du poste de la *Galiote*. Là, je fus dépouillé de mon costume. Je ne sais pas le reste.

Depuis, comme bien d'autres, j'aurais pu parler dans les réunions publiques, rechercher les bravos et les triomphes; mais cette mésaventure de jeunesse m'a rendu si modeste et si timide, que mes contemporains ignoreront toujours la puissance de mes moyens oratoires.

ARTHÉMISE

En me voyant comme ça, les mains croisées sur
ma canne avec un air bonhomme, vous ne vous
douteriez jamais des trésors de férocité qui longtemps ont germé dans mon sein. Les hivers, les
chagrins et la fièvre typhoïde ont, petit à petit,
tari le torrent fougueux de mes passions juvéniles ;
mais à votre âge, mon cher Monsieur, à votre âge,
je battais les femmes !

J'avais vingt-trois ans, elle s'appelait Arthémise
et nous habitions la rue des Maçons-Sorbonne.
Tout s'explique, n'est-ce pas ? Corsage opulent,
cheveux noirs, dents blanches, lèvres rouges,
santé de fer, Arthémise était superbe. Sa voix de
basse profonde avait des sons tellement cuivrés
que, quand elle chantait, tout le quartier s'écriait :

— Allons, bon ! voilà le vieux commandant qui répète encore ses exercices !

C'était d'autant plus flatteur que l'art et l'éducation n'avaient jamais effleuré cette riche nature.

Nous ne nagions pas précisément dans l'opulence, mais de temps en temps, nous avions le moyen d'aller à pied jusque sur les coteaux de Fleury. A la porte du bois, il y avait un garde qui faisait des lapins sautés !... et qui vendait du petit vin !... je ne vous dis que cela. En revenant, le soir, toujours à pied, Arthémise tonnait cette chanson :

> Non, ce n'est point une blonde
> Qui peut me charmer,
> Depuis que j'ai vu sur Londres
> La fille à Piétro ramer !

La fille à Piétro qui ramait sur Londres me causait des joies insensées. Je serrais Arthémise dans mes bras en l'appelant : « Grosse bécasse ! » Elle était ravie, parce que la bécasse c'est rare, c'est bon et ça coûte très cher.

Le côté faible, c'était la toilette : pour moi, je n'y tenais pas du tout, mais, pour Arthémise, j'y songeais quelquefois. Depuis longtemps j'avais fait pour l'administration des Pompes funèbres un petit travail auquel je ne pensais plus, lorsque,

6.

certain matin, sans m'y attendre, j'en reçus le prix. Une somme énorme, deux cents francs !

Sans hésiter une seconde, riant tout seul de la surprise invraisemblable que je ménageais, j'entrai dans le célèbre magasin des *Quatre Magots*.

Je choisis d'abord une robe d'indienne de Mulhouse, marron avec des fleurs roses ; puis un châle algérien, — c'était une nouveauté, — avec de grandes bandes bleues, jaunes et rouges. Je pris encore une robe, soie et coton, dont les couleurs brillantes, bronzées, dorées, avec des reflets verts métalliques, semblaient défier les cicindèles, les sténolophes et tous les coléoptères de la création.

Le tout, — avec la doublure, bien entendu, — me coûta presque cinquante écus.

Ah ! Monsieur, je ne doute pas de la satisfaction que vous ressentez quand il vous plaît d'offrir à votre bien-aimée un collier de perles sans tachés ou une aigrette de diamants ; mais en ce moment, pour sûr, ma joie dépassait la vôtre.

En grimpant l'escalier, je trébuchais à chaque marche, et mon cœur allait, allait...

Mon amoureuse chantait et les vitres tintaient dans leurs châssis.

J'ouvris la porte tout doucement et je m'avançai, tenant sur mes bras mes trois colis.

Arthémise se tut, me regarda et défit le premier paquet.

— Le marron, dit-elle en examinant l'étoffe contre le jour, mauvaise couleur..., comme le noir c'est brûlé..., il y a des trous.

Pour le châle :

— Fi! l'horreur!

Et ma pauvre robe coléoptère, soie et coton :

— Vous fichez-vous de moi?

Et elle me lança l'objet à la tête.

Aveuglé par la fureur, le dépit et la honte, tour à tour pâle comme un lis et rouge comme une pivoine, je lui rejetai brusquement la soie et le coton.

— A la garde! à l'assassin!

Et l'ange qui présidait à mes félicités me prit à la cravate, et déployant vivement ses deux vigoureux biceps, me déchira du haut en bas linge et habit.

Je me sauvai, naturellement; mais les voisines, accourues sur leurs portes, piaillaient à pleins poumons :

— Ah! le grand lâche! il bat sa femme!

Je ne m'arrêtai qu'à l'île Saint-Ouen, et je pris un grand bain froid dans le petit bras de la Seine.

Vers minuit, calmé, je revins humblement demander le pardon de mes brutalités.

Arthémise parut oublier. Elle fit faire les robes.

Elles lui allaient à ravir.

Elles lui allaient si bien qu'elle partit, huit jours après, avec un riche Irlandais dont elle fit bientôt le malheur.

Mon âme était brisée.

Et quand je passais sur la place Sorbonne, les commères disaient en me montrant du doigt:

— Eh! le voilà! vous savez bien! c'est ce grand gredin qui bat les femmes!

Le nez baissé, comptant les pavés, je murmurais :

— Mon bonhomme, si jamais tu veux faire un cadeau à quelque aimable créature, ne t'en rapportes plus à ton propre goût.

CHEZ BÉRANGER

Les vieux s'arrogent le privilège de raconter à la jeunesse des histoires de l'autre temps. Si je ne cédais à cette irritante manie, on ne m'en saurait aucun gré ; donc, imitant les vieux, je commence mon petit récit.

Dans mon enfance, mon père, *montagnon* franc-comtois, me mit en pension chez un de ses anciens amis, imprimeur de la petite sous-préfecture où se trouvait un collège communal. Très versé dans les belles-lettres, poëte aimable, philosophe voltairien, c'est au brave père Renaud, qui surveillait mon éducation, que je dois les vices qui me distinguent, c'est-à-dire le mince souci de la fortune, la modestie ridicule et la courtoisie nar-

quoise qui caractérisent si fréquemment les gens
de ma race. Vous m'excuserez peut-être, lecteur,
quand je vous avouerai que plus tard, à Paris, au
milieu d'ennuis variés, j'ai conservé pour cet
excellent homme la vénération, l'estime et le dé-
vouement les plus sincères.

Vers l'automne de 1850, M. Renaud fit un grand
effort; il quitta sa petite ville pour venir voir
Paris. Dès son arrivée, il me demanda de diriger
ses excursions dans la *capitale,* qu'il ne connaissait point. Je m'empressai de me mettre à ses ordres, et la première journée fut consacrée à visiter
la Bibliothèque et les musées du Louvre et du
Luxembourg. Cependant le soir, en dînant, M. Renaud semblait préoccupé. Il mangeait mal, ne
buvait pas, parlait à peine et paraissait souffrir.
Cela m'inquiétait.

— Jean, me dit-il tout à coup, connaissez vous
Béranger?

— Non, monsieur.

— Comment, non! Est-ce possible? Quoi! vous
habitez Paris depuis plus de dix ans, et vous ne
connaissez pas Béranger?

— Pas du tout. Je ne l'ai même jamais vu.

— C'est incroyable! En vérité, cela est fort
malheureux.

Je compris ; j'étais perdu. Mon homme avait une idée fixe, longtemps couvée, caressée, et qui devenait encore plus tenace en présence d'une impossibilité à sa réalisation. Que lui importait Paris avec ses palais, ses richesses et ses merveilles ! S'il avait quitté sa maison, sa famille, ses douces habitudes, son repos si cher, c'était pour satisfaire l'envie irrésistible qui l'enfiévrait. Il voulait voir Béranger, connaître Béranger, parler à Béranger. C'était le rêve, le grand rêve de toute sa vie. Songez-y sans trop rire. En ce temps-là, l'idée libérale semblait s'être incarnée dans la personne du vieux chansonnier, qui s'était moqué des jésuites et des puissants, et avait chanté la patrie, sa gloire, ses infortunes, ses espérances. Le cœur gonflé, les yeux humides, tous nos paysans répétaient alors ses vers.

Le lendemain, j'essayai de distraire mon vieil ami, et nous visitâmes l'hôtel des Invalides depuis l'église jusqu'aux cuisines, le Panthéon depuis les caveaux jusqu'à la coupole, aussi le Jardin des Plantes ; mais, le soir, revint encore la terrible demande :

— Jean, connaissez-vous Béranger ?

C'en était trop. Je pris une résolution dont l'audace m'étonne même à présent.

Dans la matinée du jour suivant, je dis au père Renaud :

— Venez ; nous allons rendre visite à M. de Béranger.

Ce fut avec une confiance ingénue que le brave homme, sans témoigner de surprise, sans questionner, s'habilla et me suivit.

Rue d'Enfer, numéro 113, un modeste appartement au premier étage d'un petit pavillon construit dans la cour. C'était là. Mme Judith nous introduisit. Le poète achevait de déjeuner. Avec une effronterie sans égale, je présentai M. Renaud.

— Vous êtes imprimeur, dit Béranger en souriant ; je l'ai été un peu. Vous faites des vers, vous êtes un confrère. Nous sommes à peu près du même âge, c'est un lien qui nous rapproche encore. Soyez donc le bienvenu.

D'autres ont dit, mieux que je ne le pourrais faire, l'affabilité et la cordialité du chansonnier national. Pendant deux belles heures, nous causâmes littérature et politique, des uns et des autres, du passé, du présent, de l'avenir. M. Renaud était dans un état de béatitude où tout son être se délectait, et je me trouvais moi-même complètement absorbé par le charme de cette conversation aussi intéressante qu'inattendue.

En prenant congé, M. de Béranger voulut bien, avec une grâce exquise, me remercier de lui avoir fait connaître mon vieil ami.

Par un phénomène facile à concevoir, telle avait été la contention de notre esprit pendant cet entretien, que, nous trouvant dans la rue tout à fait à jeun, nous titubions positivement comme des gens ivres, et, sans souci des passants, M. Renaud se mit à entonner de sa plus belle voix le cantique de Siméon : *Nunc dimittis...*

Je l'accompagnais en faux-bourdon.

Naturellement, nous passâmes le reste de la journée à nous retracer les moindres incidents de cette entrevue tant désirée. Ici je veux faire, quoi qu'il m'en coûte, une confession sincère. M. Renaud était un peu sourd, et il n'avait pas toujours saisi les phrases complètes de son idole. Or, à cette époque de ma vie, plein de passion fougueuse et d'enthousiasme irréfléchi, je m'honorais de partager les audacieuses théories de M. Auguste Blanqui.

Sectaire éhonté, je profitai de l'infirmité de mon ami pour attribuer au poète les sentiments révolutionnaires les plus osés. Et, quand le bon sens bourgeois de M. Renaud s'effarouchait un peu de mes perfides insinuations, j'appuyais mon argumentation par ce mot sans réplique :

7

— Souvenez-vous de ce que Béranger nous disait tantôt !

Ai-je créé, par cette manœuvre, un dangereux socialiste? Je n'en sais rien ; mais j'aime à le croire. Le soir même, l'âme troublée et l'esprit en feu, mon imprimeur retournait au pays.

J'ai reconnu franchement l'indignité de ma conduite ; permettez-moi maintenant de vous révéler les tortures de l'expiation.

Dès son arrivée dans sa maison, M. Renaud s'empressa de confier à sa famille et à quelques amis les incidents et les émotions de son voyage. Une vive agitation s'étendit rapidement sur tous les esprits de la contrée et M. le sous-préfet, M. le maire, M. le président du tribunal de commerce, les avoués, les notaires, les avocats, le banquier accoururent à l'imprimerie pour avoir des détails précis. Porteurs de la fameuse nouvelle, les huissiers irradièrent sur toutes les communes de l'arrondissement et l'on vit, chose sans exemple, les capitaines retraités descendre de nos montagnes bien avant le jour où ils reçoivent le trimestre de leur pension chez M. le receveur particulier.

— Est-il vrai? Vous avez vu Béranger? — Vous même? — Où cela? — Quoi! chez lui? — Que

vous a-t-il dit? — Et vous? — Vous a-t-il chanté
quelque chose? — Et Lisette, est-elle toujours
jolie?

Que de questions! que d'émoi! que de
bruit!

Et quand M. Renaud, avec un légitime orgueil,
avait raconté tout au long son admirable histoire,
il devait recommencer encore pour satisfaire
aux interrogations de son auditoire avide et
charmé.

— Mais qui donc vous a conduit chez lui? de-
mandait-on à la fin.

— C'est Jean. Vous savez bien, Jean?

— Quoi, vraiment, Jean? Il le connaît donc?

— *C'est son ami intime!*

Depuis ce temps, il ne se passa point de semaine
sans qu'un ou deux de mes concitoyens ne vins-
sent frapper à ma porte.

— Toi, qui connais Béranger, veux-tu nous
mener chez lui?

J'essayai d'échapper par la fuite à ces insuppor-
tables obsessions et j'habitai successivement tous
les faubourgs de Paris. Je me réfugiai même,
pendant plusieurs années, dans les profondeurs
de la forêt de Fontainebleau; mais des ennemis
acharnés découvraient bientôt ma retraite et, un

beau matin, j'étais réveillé par ces mots aga-
çants :

— Toi, qui connais...

Le grand poète mourut. Je pensai que je pouvais respirer librement. Erreur, monsieur, grave
erreur ! Ma réputation s'était étendue, et, pour
changer d'objet, les persécutions n'en furent pas
moins cruelles. On est venu me relancer au nom
de toutes les célébrités contemporaines :

— Connais-tu celui-ci !

— Connais-tu celui-là ?

C'est par centaines que cela peut se compter.
J'ai bien souffert, mais je ne me serais pas plaint
si, depuis quelque temps, je n'avais constaté une
sorte de conspiration qui met le comble à mon
infortune imméritée.

Mes visiteurs me rendront fou.

L'un veut que je lui fasse obtenir ses entrées
gratuites à l'Opéra.

L'autre désire l'ouverture d'un crédit illimité
chez un de nos grands banquiers.

Celui-ci exige un éditeur qui lui publie un volume
de vers.

Celui-là se contenterait d'une recette générale.

Enfin il en est deux — oui, deux, — qui m'ont
demandé la croix !

Fichtre ! je me révolte ! Je sors de la placidité qui m'était naturelle.

A partir d'aujourd'hui, je romps carrément avec les quatre-vingt-trois mille Parisiens qui m'honoraient de leur amitié et, demain, je le déclare hautement, je ne connaîtrai plus personne.

7.

PRIVAT S'EMBÊTE!

PRIVAT S'EMBÊTE!

Savez-vous, jeune homme, comment nous comprenions jadis ce noble sentiment qui s'appelle amitié ? Par un tout petit exemple, je veux vous indiquer l'abandon sans réserve qui nous faisait quitter nos affaires les plus pressantes pour accourir vers le compagnon en proie à quelque chagrin.

Un matin, en passant dans la rue Saint-André-des-Arts, l'envie me prit de monter chez Alexandre Privat d'Anglemont, l'auteur de *Paris inconnu.* Je le trouvai achevant sa toilette et prêt à sortir.

— Comment vas-tu, mon vieil ami ?

— Peuh ! je m'embête !

— Quoi ! m'écriai-je tout effrayé, tu es malade ?

— Non ; mais je m'embête !

— Allons donc ! il faut chasser cela : je ne te quitte pas ; viens avec moi et nous essaierons de dissiper ce vilain mal.

Nous descendîmes. La stupéfaction me rendait idiot et je ne savais trouver un seul mot de consolation. Heureusement, devant le passage du Commerce, j'aperçus Méry qui s'en allait tout emmitouflé sous les plis de son vaste manteau, malgré les ardeurs du soleil de juillet.

— Joseph ! mon bon Joseph !

— Qu'est-ce que c'est ?

— Une aventure bien extraordinaire, mon cher Joseph ! Privat s'embête et je suis dans la désolation.

— Privat !... Allons donc, c'est impossible ! Est-ce vrai, Privat ?

— C'est vrai !

— Alors, mes enfants, je vais avec vous et nous chercherons quelque distraction.

Le chapeau sur les yeux, les mains dans les poches de sa longue redingote, une cravate tortillée autour du cou, les jambes passées dans un panta-

lon à pieds qui se perdait dans d'énormes souliers, Balzac arpentait la rue Dauphine.

— Honoré ! s'écria Méry.

— Bonjour, amis. Je vais chez la duchesse...

— Pas du tout ! tu vas à l'Odéon faire répéter ta
pièce ; mais il te faut rester avec nous.

— Et pourquoi cela, mon maître? demanda le
profond analyste.

— Parce que Privat s'embête et qu'il est impossible de le laisser dans cet état.

— Privat s'embête ? Mais alors je vous accom-
pagne et j'abandonne ma répétition.

En ce moment une bonne grosse figure réjouie
passa par la portière d'un fiacre et une voix s'exclama :

— Je vous y prends, ingrats ! Vous flânez dans
les rues et vous m'oubliez. Avez-vous donc juré de
ne plus franchir mon seuil ? Je vous attends tous
à dîner demain soir. C'est convenu, n'est-ce pas ?
Au revoir, à demain !

— Écoute, mon cher Dumas, écoute donc?

— Non, je suis pressé ; à demain sans faute !

— Mais, mon bon Alexandre, tu ne sais pas la
grande nouvelle ?

— Quelle nouvelle ?

— Mais Privat s'embête et nous sommes tous désespérés.

— Si Privat s'embête, répondit Dumas redevenu sérieux, laissez-moi payer ma voiture et je suis des vôtres.

Au coin du pont Neuf, nous rencontrâmes Alfred de Musset qui causait avec Eugène Delacroix. En quelques mots, nous les mîmes au courant de cette invraisemblable histoire.

— Mais, moi aussi, je m'embête, murmura le doux poète.

— Vous, mon cher Alfred, ce n'est pas la même chose, s'écria De'acroix avec vivacité. Vous en avez l'habitude ; mais pour Privat, c'est bien différent.

— Allons donc, fit Musset avec résignation.

En marchant à l'aventure, nous avions traversé le pont et gagné la place des Trois-Marie, quand Dumas nous arrêta en étendant ses deux grands bras.

— Attention, dit-il, nous sommes sauvés. J'aperçois Eugène Sue qui mange des prunes chez la mère Moreau.

Ganté de frais, vêtu avec l'élégance la plus correcte, Eugène consommait coup sur coup les noix, les prunes et autres fruits confits.

— J'étudie, fit-il avec un fin sourire, en nous
voyant envahir son refuge.

Le chinois qu'il portait à sa bouche lui échappa
des doigts quand il connut le but de notre visite.
Il semblait atterré, et longtemps il réfléchit en silence.

— Je crois avoir trouvé, dit-il enfin. Pour moi,
je ne puis rien faire, mais je pense que Bouchot
peut nous tirer d'embarras.

— C'est vrai ! s'exclama l'assemblée avec unisson. Allons trouver Bouchot.

L'artiste terminait son chef-d'œuvre, les *Funé-
railles de Marceau*. Absorbé par son travail, il était
vivement surexcité et il n'aimait point qu'on le dé-
rangeât pour des futilités. Perché en haut de sa
double échelle, il peignait avec la contention la
plus extrême, quand toute la bande fit invasion
dans son atelier. Sa fureur devint sans borne ; il
criait, pestait, jurait sur le mode majeur :

— Allez-vous bien vite sortir d'ici, sacripants?
Voulez-vous bien vite tourner les talons et déguer-
pir immédiatement ? Vous ne voyez donc pas dans
quel état me met votre exécrable présence ?

— Mon bon Bouchot... fit Méry.

— A la porte !

— Mon cher François... dit Balzac.

8

— File ! file !

— Mon ...aux enfant... ajouta Dumas.

— A l'eau !

— Mais saperlote ! reprit Delacroix d'un ton sec, vous ne savez donc pas que Privat s'embête !

La colère du peintre s'éteignit subitement. Il déposa sa palette et ses brosses, et descendit quatre à quatre les degrés de son échelle en répétant :

— Eh quoi ! Privat s'embête ?

— Moi aussi, murmura Alfred de Musset.

— Toi, ça m'est bien égal, c'est ton état normal ; mais Privat !

Et, de sa plus douce voix, Bouchot ajouta :

— Mes chers amis, cela ne peut durer plus longtemps ; j'ai gagné 14,000 francs, je les prends et nous allons essayer de distraire notre pauvre camarade.

Le lendemain matin, les 14,000 francs étaient dépensés. Privat ne s'embêtait plus, Alfred paraissait toujours triste... et tout le monde était content.

POT A TABAC

POT A TABAC

Il était une fois un homme et une femme, nommés Siblot, qui habitaient la rue de la Roquette, près du Père-Lachaise. Le mari vendait de la terre glaise pour les sculpteurs, et la ménagère exerçait la profession de blanchisseuse. C'étaient deux rudes travailleurs qui s'aimaient bien, mais dont l'union, quoique légitime, n'avait encore donné aucun fruit. De là naissaient maints regrets, à peine adoucis par la rigueur des temps et par une extrême pauvreté. Ces choses se passaient vers 1846 ou 1847.

8.

En fréquentant les ateliers, Siblot voyait les
artistes ébaucher des statues, et, à force de regar-
der, le brave homme avait été mordu par le serpent de l'ambition.

— Ce n'est pas si difficile que ça, se disait-il
souvent, et je veux à mon tour monter une figure.
Pas de déesses, de nymphes ou de baigneuses ;
pas d'Apollons, de pêcheurs ou d'Hercules. Cela
coûte cher à établir, cela ne sert à rien, cela ne se
vend pas. Je veux créer une œuvre gaie, moderne
et qui plaise à tout le monde.

La romance alors à la mode — dans les rues —
était la chanson du Père Trinquefort, ode bachi-
que qu'un vieil ivrogne adressait à sa bouteille :

> Coulez, coulez, coulez toujours,
> Bouteille vermeille !
> Coulez toujours,
> Mes chères amours ?

Le Père Trinquefort devint naturellement l'objectif du nouveau Phidias. Siblot prit quelques
pains de sa propre glaise et modela, avec un courage digne d'éloges, la figure d'un gros bonhomme,
court et large, qui pressait sur son cœur « ses
chères amours ».

Au bout d'un mois, le travail eut un aspect tout
à fait séduisant. En ôtant le chapeau, la tête et le

corps de Trinquefort formaient un superbe pot à
tabac, et les allumettes avaient une place tout indiquée dans le goulot de la bouteille.

Auguste Préault, le puissant statuaire dont les
œuvres décorent cent palais ou places publiques,
vint un jour chez Siblot faire la commande d'une
énorme quantité de pains de terre glaise nécessaire pour un travail monumental. Tout en causant, mais non sans un peu d'hésitation, Siblot
dit :

— Maître, j'ai un grand service à réclamer de
votre bienveillance.

— Parlez, cher ami ; je suis tout à vous.

— J'ai fait une statue !...

— Ah bah !

— Je voudrais vous la soumettre et vous prier
d'y faire quelques corrections avec le pouce, tout
simplement le pouce du maître.

— Montrez-moi donc ça.

Siblot enleva les linges humides qui entouraient
l'objet.

— Mais c'est très bien, fit Préault. C'est original, sincère et naïf.

— Eh bien ! je vous en prie, murmura Siblot en
rougissant ; une petite retouche avec le pouce, ce
pouce magistral.

— Vous le voulez ?

— Je vous en conjure.

Préault jeta les yeux sur le sol pour chercher quelque outil. Il aperçut un battoir de blanchisseuse, large, épais, solide. S'en emparant par un brusque mouvement, il le brandit avec force et le laissa retomber sur la tête du Père Trinquefort.

Siblot ne put retenir un cri de douleur.

On est artiste ou on ne l'est pas ; mais quand on l'est, on a sa petite vanité, que diable ! et ce n'est pas sans un excusable attendrissement qu'on voit flanquer un grand coup de battoir sur la tête de sa création. Si vous ne comprenez pas ce cri, je vous le dis franchement, moi, je le comprends.

A l'exclamation poussée par son mari, M⁽ᵐᵉ⁾ Siblot sortit de sa buanderie. En voyant la figure retouchée, elle fut prise d'un de ces rires fous, convulsifs, saccadés, interminables, du brave et franc rire qui mouille les paupières et les parquets. C'est qu'en effet le chapeau de Trinquefort était bossué plus que nature ; une jambe rentrait dans le corps, tandis que l'autre présentait un galbe étourdissant. Mais la face surtout avait pris un aspect remarquable sous le coup de battoir ; les yeux étaient à demi clos ; le nez avait une projection insensée, et la bouche, fendue jusqu'aux oreilles, dépassait en galeté les mascarons antiques.

En voyant rire sa femme, Siblot se mit à rire ; ce qui prouve un excellent caractère, car dans un cas pareil, je serais très vexé.

Préault cligna de l'œil et sortit en disant :

— Eh bien ! ça y est !

Le soir, les époux riaient probablement encore, car quelque temps après M"° Siblot éprouvait un singulier malaise, qui fit pâlir son mari en gonflant tout à coup les artères paternelles dans son cœur ému, mais charmé.

Jamais pot à tabac n'eut un triomphe comparable à celui de Trinquefort. Fabriqué, édité, exploité par Siblot, il fit les délices de tous les fumeurs de France et de l'étranger. Il passa les mers ; on le vit aux îles. Il rapporta plus de cent mille francs de bénéfice à son auteur, et quand M"° Camille Siblot vint au monde, elle laissait déjà présager un parti fort convenable, même pour un notaire.

Depuis, dans des spéculations honnêtes, mais qui dépassent mon intelligence, la fortune des Siblot a pris une extension vertigineuse. Un jour, on put lire dans les journaux du high-life :

« C'est avec le plus grand plaisir que nous appre-

nons le mariage de M. le duc Hugues de Narvejole
avec M⁰ˡˡ Camille Siblot de la Siblotière.

« En 1371, Ricin de Paiacuit, noble de nom et
de quatre signes, fut titré duc de Narvejole par
lettres authentiques de Charles V, et blasonné à
enquerre d'or, à la base d'azur chargé de trois
flanchis d'argent. C'est, comme on le voit, une
des premières familles de France. Les Siblot de la
Siblotière, de noblesse de cloche avec droit
d'image, furent qualifiés barons par Henri IV,
etc., etc. »

Auguste Préault fut naturellement le premier
témoin de M⁰ˡˡ Camille.

Et moi, méchante bête, quand je passe devant
l'hôtel de la duchesse, je grince des dents et l'envie
me mord les flancs.

POÈME EN PROSE

POÈME EN PROSE

INVOCATION

Antique Déesse, — dont j'ignore le nom, — toi qui présides aux joyeux récits, voile, je t'en conjure, d'une gaze décente, mais transparente, le souvenir trop nature que je veux raconter ! Si tu guides ma voix dans cette tâche délicate, je te promets, ô Muse ! de délivrer en ton bonheur la première couvée de moineaux que je verrai dans les mains des galopins dénicheurs. Les oiseaux babillards retourneront embellir de leurs jeux effrontés tes bosquets de roses, de myrtes et de lauriers !

POINT CONSTANT DE MORALE

Quand celui qui convoite la femme d'autrui

devient ridicule, on aurait tort de ne pas s'en égayer.

CROQUIS

Pacôme est peintre. S'il porte des habits de velours, c'est probablement parce que ça lui convient. Un petit bedon précoce ne nuit en rien à la grâce de sa prestance. Sous une épaisse forêt de cheveux, blonds comme les épis mûrs du maïs, brillent deux yeux noirs comme les pruneaux bleus appelés *zwetschen* par les Allemands et désignés chez nous sous le simple nom de couetches. Il sait encore, charme ineffable, youyouter la tyrolienne en nasillant un peu.

SOUPIR DE L'AUTEUR

Pourquoi, Dieux injustes ! m'avez-vous refusé l'art de chanter la tyrolienne, quand même j'eusse dû nasiller comme un carme ?

PAYSAGE

Dans la riante vallée de Brunoy serpente une petite rivière dont les eaux calmes sont habitées par des grenouilles vertes et des poissons rouges. Les saules trempent leur feuillage dans ses ondes, tandis que les peupliers, les sapins et même d'autres arbres balancent noblement leurs plumets dans le ciel bleu. Au bout des prés fleuris, sur la colline, se détache le château des époux Gomer.

LE TRIOMPHE

Le peintre Pacôme avait prodigué les trésors de sa palette sur les murs de cette somptueuse demeure. Ici, l'on admirait des fleurs, des légumes, du gibier, du poisson ; là, des amours marivaudaient avec des nymphes ; plus loin, des bacchantes taquinaient des satyres ; en réalité, cette décoration était estimée vingt mille francs. Quand le peintre vint pour juger de l'effet de son œuvre, les époux Gomer le comblèrent de félicitations et, dans un riche carnet, lui remirent cette somme importante.

On lui fit voir ensuite la rivière et le parc, les grenouilles vertes et les poissons rouges ; on lui permit de caresser Turc, un chien énorme et farouche des Pyrénées. L'artiste « but du lait et la petite fête fut charmante ». Oublieux du respect qu'on doit à l'hospitalité, Pacôme fit un œil de velours à Mᵐᵉ Gomer, qui rit comme une folle.

AXIOME MÉDICAL

L'abus de la glace en morceaux, mise dans les boissons pendant les grandes chaleurs, produit sur l'organisme des effets désastreux.

L'IVRESSE

Mets choisis et vins fins, le dîner fut exquis ; mais

Pacôme mit de la glace dans son verre. Au dessert, il chanta la tyrolienne en youyoutant du nez,
et fit doux yeux de velours à Mme Gomer, qui se
reprit à rire comme une folle.

L'heure de l'expiation ne pouvait pas tarder.

L'HEURE DU CRIME

Il est minuit. — Retiré dans sa chambre, Pacôme
ne peut dormir. — Il pousse de sourdes plaintes. —
La glace a produit un état congestionnel qui prend
sa naissance sous le crâne et, traversant les vis-
cères, s'étend jusqu'aux talons. — Il lui faut absolument du trèfle à quatre feuilles. — Sans doute,
il pourrait en trouver dans quelque lieu secret du
château ; mais il ne connaît pas assez bien les
êtres. — Son envie, cependant, devient tellement
impérieuse qu'il passe un pantalon et descend dans
le parc.

OBSERVATION PHILOSOPHIQUE

Voyons, avouons-le de bonne foi : nous avons
tous une petite dose de superstition dont nous ne
pouvons nous défaire. Vous avez de la corde de
pendu dans votre porte-monnaie. Vous n'aimez
pas à vous trouver treize à table, ou bien alors
vous jetez une pincée de sel par dessus votre épaule. Quand, par accident, le vin se répand sur la

nappe, sournoisement vous y trempez un doigt
que vous cachez ensuite dans votre poche. Quand
pour la première fois de l'année, vous entendez le
coucou chanter, vous êtes désolé si vous ne pouvez agiter quelques pièces d'argent. Si vous passez
près d'un moine, vous ne sauriez vous empê-
cher de saisir tout de suite un objet en fer. Moi-
même, libre penseur, tous les matins je me chausse
d'abord du pied gauche.

Il n'y a donc rien d'étonnant au désir que Pâ-
côme éprouvait de se procurer du trèfle à quatre
feuilles, qui, comme on sait, porte bonheur.

LE DRAME

Ce fut au pied de coudriers mystiques que Pâ-
côme porta ses investigations. Fléchissant les jarrets, replié sur lui-même, il gémit pendant un
certain temps, puis il parut soulagé, car il tenait
en main l'herbe symbolique. Un monstre tout à
coup s'avança dans la luzerne. C'était le chien des
Pyrénées qui sentait le vent et reniflait l'inconnu.
Justement effrayé, Pacôme s'écria d'une voix douce :

— Ici, Turc ! ici, mon beau toutou !

Le molosse vint lécher les mains du peintre, en
battant l'air de son fouet, signe manifeste de confiance et d'amitié. Mais quand Pacôme voulut se

9.

relever, l'animal devint furieux en voyant apparaître ce grand fantôme blanc, et il grommela des : « Houa ! houa ! » menaçants.

Pacôme reprit bien vite sa position première :

— Ici, Turc ! mon petit Turc !

Et Turc revient lui lécher les mains. Et pendant toute la nuit il en fut ainsi : l'un se redressant ou s'accroupissant, l'autre léchant ou grognant.

LE CHATIMENT

« L'aurore aux doigts de rose ouvrait les portes enflammées de l'Orient, » quand M⁰ᵉ Gomer se mit à sa fenêtre pour respirer les brises matinales. Ses regards furent frappés par un bien singulier spectacle. Au bout du gazon vert, sur la lisière du bois, Turc tenait en arrêt son pointre favori Son mari accourut à ses éclats de rire et partage sa bruyante gaieté.

Délivré, mais confus, Pacôme partit par le premier train.

CONCLUSION

Tout récit comporte une moralité ; celui-ci en contient une foule. On y rencontre un axiome médical très intéressant, des observations philosophiques et des règles de convenances sociales. Comme on le voit, l'humble auteur n'a point épargné la marchandise.

UN VIEUX LAPIN

Tu me demandes, mon cher Camille, ce que j'ai
fait pendant mes vacances. C'est très aimable de
ta part. A quoi bon voyager si l'on ne devait, au
retour, épancher ses impressions dans l'oreille d'un
ami tout rempli d'indulgence? Donc, j'ai passé
quinze jours à Torre dell' Annunziata, à une demi-
lieue de Pompéi, où j'allais chaque matin.

Pompéi ! Cette ruine vivante, avec ses temples,
ses maisons, ses rues bordées de hauts trottoirs,
les traces des chars profondément gravées sur ses
larges dalles volcaniques, vous ramène en pleine
vie romaine, malgré le silence lugubre qui vous
enveloppe et vous glace. Quand on pénètre dans
ces maisons dont les murs sont encore ornés des

fresques les plus variées et fraîches comme si elles
sortaient du pinceau de l'artiste, quand on met
le pied sur ces mosaïques qui pourraient offrir,
pour ainsi dire, l'empreinte de la sandale antique,
on cherche l'hôte et l'on s'étonne de ne pas voir
paraître un homme en toge, un Romain, âgé de
dix-huit cent cinq ans il est vrai, pour s'acquitter
des devoirs de l'hospitalité, d'autant plus que cette
hospitalité vous est révélée par l'*Ave* du Pro-
thyrum.

Dans la boutique du marchand de vin dont le
comptoir a conservé ses amphores, on est tenté
de crier : — « Eh, patron ! un verre de falerne ! »
ce qui serait justifié par la chaleur qui règne ici.
Et, remarque curieuse, ces honorables industriels
avaient déjà compris toute l'importance pour leur
commerce des coins des rues, avec les boulangers
et les marchands d'huile, c'est-à-dire les épiciers.
Ceux qui de nos jours exercent ces importantes
fonctions ne sont donc pas plus malins que leurs
devanciers romains.

J'ai eu la rare bonne fortune d'assister à une
fouille faite devant des personnages de distinction.
Chez nous, on donne une chasse ; là, une fouille.
Mais comme ces personnages n'étaient qu'un con-
sul allemand et ses amis, on ne leur a servi des

fouilles que de seconde classe. On a mis au jour
un lacryn..toire, un anneau probablement de commode, un pivot de porte conservant encore le
bois, et quelques débris d'amphores. Mes Allemands m'ont paru peu satisfaits. Ils s'attendaient
sans doute à voir surgir des pendules.

A propos de ces débris d'amphores, tu ne trouveras pas une ville au monde où il y ait eu plus
de cruches cassées qu'à Pompéi. Mais la cruche
dont l'accident a fait évidemment le plus de bruit
est sans contredit celle de l'infortunée et sympathique Ariane, si j'en juge par toutes les fresques
qu'elle a inspirées. Pas une maison, pour ainsi dire,
qui ne se soit payé un Abandon d'Ariane. Dans
toutes ces fresques, — après tout les artistes
subissaient probablement l'influence du sentiment
général, — le héros de la casse est systématique-
ment sacrifié: c'est un joli seigneur du temps,
habillé d'un casque. Le coup fait, il profite toujours
du sommeil de la pauvre enfant pour *s'esbigner*.
C'est lâche. Devant ces fresques, qui sait ce que
fera Ariane à son réveil? Se désolera-t-elle? C'est
probable. Ne pourra-t-elle pas aussi se livrer à une
danse de caractère? On a vu de ces choses. Ainsi
l'action n'est pas complète. Mais tu me diras, et je
le crois un peu, que les Romains, positifs avant tout

et empoignés seulement par la première page de
l'histoire de la fille de Minos, n'y voyant enfin que
le moment psychologique, n'ont probablement
jamais fait aucune de ces questions, et que, s'ils ont
hasardé quelques réflexions, elles ont dû être
toutes fort désagréables pour Thésée lâchant bête-
ment cette plantureuse fille si bien outillée pour
plaire.

Pompéi était sous l'invocation de Vénus Physica.
Plusieurs fresques relatent l'arrivée de la chère
et belle déesse. Le vaisseau qui l'apporte est au
port; un pont est baissé et le relie au rivage.
Sur ce pont apparaît Anadyomène, nue, naturellement, élégante, admirablement pourvue, triomphante, entourée de sa cour : Cupidon, Zéphirs,
Plaisirs, Ris, etc. Toutes les autorités de la ville,
revêtues de leurs insignes, sont accourues pour la
recevoir. Ici s'élève son temple, encore admirablement conservé, avec ses nombreuses colonnes,
ses nombreux autels, ses nombreuses fontaines,
où les jeunes filles taquinées par les gommeux du
temps, venaient casser leurs cruches.

Avec quelle curiosité j'ai visité certains établis-
sements que décore une enseigne encore trop signi-
ficative. Celui-ci est pour le pauvre; celui-là pour
le riche. Toujours des distinctions ! Un surtout est

très curieux, très intéressant à cause de ses fresques
et de ses inscriptions. Je t'en cite une : « *Victrix!*
Victoris! » C'était apparemment un gladiateur qui,
sorti vainqueur des combats du cirque, était venu
se faire battre à un autre jeu, et il avait gravé, sur
le mur, ce témoignage de sa défaite. Les fresques
sont obscènes, sans l'être. La preuve, la voici : l'on
m'a raconté qu'une grande dame, une princesse
russe, mise en goût par la défense pour les femmes
d'y pénétrer, finit par tromper la vigilance du gardien. Une fois là, elle dit, avec une sorte de
déception et de dépit, au guide qui l'accompagnait
et qui me l'a rapporté : « Ce n'est que ça ?... Qu'y
a-t-il d'extraordinaire ? »

Dans quelques maisons particulières, certaines
fresques représentent une femme, la maîtresse du
lieu sans doute, offrant un sacrifice étrange. Elle
brûle de l'encens véritable sous le nez d'un dieu
bizarre. La pudeur ne s'en alarme pas, car le sens
de cette cérémonie n'échappe à personne. *Le plaisir
n'y est pour rien.* Cet acte, pour ainsi dire chaste,
est un hommage à l'auteur de la maternité, qui
était la gloire la plus enviée par la matrone romaine. Ses enfants, c'était sa couronne, dirais-tu
dans ton style élégant.

J'espère, ami, que tu n'est pas trop fatigué à me

suivre? Pourtant, si tu es las, ne te gêne pas;
fourre moi tout cela au feu.

Voici un bien joli distique que j'ai relevé sur le
mur du *tablinum* (salle de réception) dans une
maison au déblaiement de laquelle on travaillait
encore :

Qui *quidem* amat, vivit; moritur qui nescit amaro
Bis moritur qui *sœvus* amaro vetat.

N'est-ce pas charmant? Comme nous sommes
vivants, bien vivants! Les mots soulignés étaient
illisibles; j'y ai supplé tant bien que mal.

Parmi les nombreuses maisons où l'on vendait
du vin, il en est une plus élégante que les autres
que l'on décore du nom de restaurant. Mais je ne
crois pas que jamais elle ait eu cette destination.
A mon avis, c'était bien plutôt un café. Les anciens,
s'ils n'avaient pas le moka, — ce qui n'est pas bien
sûr, — le remplaçaient par l'orge, les châtaignes.
Dans un coin, se trouve un récipient en plomb,
sous lequel existe encore le foyer destiné à tenir
les boissons toujours chaudes. Cette salle a conservé des fresques un peu grossières; elles ne
peuvent être que l'œuvre de peintres d'enseignes
du temps. Après ça, ce sont peut-être des primitifs?
Elles sont mal dessinées et mal peintes, l'on n'y

retrouve pas la délicatesse, l'élégance, le coloris
surtout qui distinguent le pinceau des artistes,
décorateurs ordinaires des demeures des citoyens
aisés, — des bourgeois, comme nous disons. Toutes
ne représentent que des scènes de buveurs, —
pardon, — de consommateurs; mais il est très
malaisé de comprendre comment ils sont assis
devant leurs petites tables. Il devait se passer là
des choses assez grivoises, si j'en juge d'après un
personnage qui prend la taille et pince le menton
d'une fillette lui offrant à boire.

C'est une preuve de plus que les Pompéiens
n'étaient pas nés à la douleur. Tout au fond se
trouve une salle carrée, assez vaste, que l'on
appelle la salle à manger. C'est encore une erreur,
à mon sens. Je crois que c'était plutôt une salle
de billard. Ne te récrie pas. Les Romains connaissaient bien les coffres-forts, les serrures de
sûreté, etc., etc. Pourquoi n'auraient-ils pas connu
le billard ? Je n'irai pas cependant jusqu'à prétendre
que les bandes étaient en *élastique*. Sur les murs,
qui ont beaucoup souffert de la lave, il reste encore
quelques traces de fresques qui devaient certainement avoir aussi quelques rapports avec la destination de la pièce. Or, il m'a semblé reconnaître
des attributs pareils à ceux qui ornent les salles

de billard d'aujourd'hui, c'est-à-dire de longs
bâtons croisés, enguirlandés, qui pouvaient fort
bien représenter les queues dont se servaient
alors les joueurs. Tu vas sans doute me demander
si elles n'avaient pas aussi des procédés? Je ne
jurerais point qu'elles n'en avaient pas.

C'est encore une opinion que l'on peut soutenir
tout comme une autre, quand on voit, par le musée
de Naples, jusqu'où s'étendaient les connaissances
des anciens. Nous n'avons rien inventé qu'ils ne
connussent, excepté peut-être le piano. Et encore,
j'ai vu des instruments de musique, trouvés ici,
qui ont peut-être été l'origine de l'invention de ce
glorieux instrument. Ce qui vient aussi à l'appui
de ma thèse, c'est que la décoration des maisons
pompéiennes avait certainement attiré un grand
nombre d'artistes. Or, il est impossible qu'il n'y eût
pas un billard à Pompéi? Te figures-tu notre quartier sans billard? Les artistes d'alors, comme ceux
d'aujourd'hui, devaient nécessairement, pendant
leurs loisirs, se livrer aux délices du carambolage,
peut-être même de la série, je dis bien série, la
perfection de ce noble jeu. Ainsi cette salle était
bien réellement une salle de billard, et ne pouvait
pas être autre chose. Les billes, il est vrai, n'ont
point été retrouvées, et, bien sûr, elles devaient

être en ivoire et, partant, à l'épreuve du temps et
de la lave. Mais qu'est-ce que cela prouve?

Faisant violence à ma modestie bien connue, je
ne puis résister au plaisir de te dire que la sagacité
dont j'avais fait preuve pour rétablir les deux vers
cités plus haut m'a valu une attention toute particulière de la part du directeur des fouilles. Il m'en
a offert une, à moi tout seul, dans une pièce de la
même maison. Sur les parois étaient tracés à la
pointe plusieurs dessins, un entre autres, qui ne dé-
passe pas mon talent, et dont j'ai pris un croquis.

Ça m'a beaucoup amusé. Je voyais le mioche
romain, qui serait peut-être devenu un grand
artiste. Mais le Vésuve ne l'a probablement pas
voulu !

On enlève donc la dernière couche de cendres
et l'on met à découvert un triclinium. Voici les
trois lits en pierre; au milieu, la petite table en
marbre. Sur cette table, un vaste plat qui contient
encore les débris d'un repas, un balthazar évidemment. C'était une gibelotte.

Le pauvre petit lapin ! Il reste encore la tête et
les os blanchis de quelques membres. Quand tu
viendras à Pompéi, tu verras le tout au musée. Les
maîtres du lieu, épicuriens sans doute, avaient
probablement voulu mourir avec grâce. Et, Dieu

me pardonne, ils festoyaient gaiement. Ils s'étaient, ma foi, couronnés de roses, car voici encore quelques feuilles conservées sous la lave. Je t'en envoie une. Mais ils ont apparemment eu peur et se sont sauvés lâchement, à l'approche de la catastrophe, car il ne restait pas la moindre trace du corps de ces capons.

Je t'avoue que je leur en ai voulu.

LA POUPÉE

Un vieux président d'assises avait la coutume de terminer ainsi le résumé qui lui était imposé par la loi :

— Messieurs les jurés, tout le monde a dit son mot sur cette affaire, M. l'avocat général, le défenseur, les témoins, l'accusé lui-même. Je ne sais pas pourquoi je ne donnerais pas aussi mon opinion personnelle.

Et le vénérable magistrat refaisait, à sa guise, l'historique du procès.

J'imite cet exemple. « Tout un chacun » a raconté des incidents relatifs à la guerre et à la Commune ; seul, je n'ai rien dit, et c'est pour cela que je m'octroie gracieusement un tour de faveur.

10.

J'ai connu Babylas précisément le jour de son arrivée à Paris, le 24 février 1859. Il avait quitté Caen, sa ville natale, pour venir occuper les modestes fonctions de premier clerc chez le perruquier qui me rase trois fois par semaine. Clovis était son prénom ; mais comme, en dépit de ses dix-huit ans, il avait déjà ce joufflu, ce grassouillet, cette rondeur qui font présager d'un embonpoint précoce, un plaisant du quartier, — nous aimons à rire dans nos faubourgs, — lui donna familièrement le nom de Ventrenpointe.

Je ne veux dire du mal de personne, mais je ne crois pas qu'on puisse trouver dans tout Paris, et même dans la rue Vivienne, un garçon coiffeur plus agile, plus propre, plus prévenant que le jeune Clovis Babylas, de Caen.

Son rasoir habile fauchait, sans entamer la peau, les soies rugueuses du boucher d'à côté ; il inondait d'huiles et de pommade les cent quarante-sept cheveux du fruitier d'en face, un vieux prétentieux ; il cirait la moustache du fils de la propriétaire et lui collait deux mèches en croissant sur les temporaux ; enfin, au dire des commères, il n'avait pas son pareil pour démêler un faux chignon ou rouler des nattes postiches.

Quant à moi, c'était bien autre chose :

— Monsieur, votre eau est prête, à gauche.

— Monsieur, voici votre canne et votre chapeau.

— Une allumette pour la cigarette de monsieur !

Et, tandis que j'attendais ma monnaie au comptoir, il brossait mon vieux paletot sur mes épaules.

Ma foi, je ne suis pas riche, — oh ! non, non, certes, non ! — mais toute peine mérite salaire, et je laissais tomber deux sous dans le tronc des pourboires.

Les autres clients blâmaient ma générosité en assurant que l'or corrompt la jeunesse ; mais, peu à peu, excités par l'exemple, ils s'habituèrent aussi à se fendre de leurs dix centimes.

Je déclare que, pendant plus de dix ans, j'ai vu Babylas se conduire en brave et honnête garçon coiffeur. Toujours doux, toujours gai, jamais gris, jamais d'intrigues. Il employait ses loisirs à fabriquer des perruques pour femmes, qu'il essayait sur la tête en cire de son patron, une méchante poupée de quarante francs.

Tant de vertu devait naturellement cacher un vice. Je découvris un jour que Babylas nourrissait le désir d'avoir une boutique à lui, une clientèle

À lui, une poupée à lui. Clovis établi! Babylas bourgeois! Mais à quoi bon troubler. Ventrenpointe dans ses rêves ambitieux ?

Au printemps de 1870, Babylas me dit avec un sourire :

— Monsieur, je quitte la maison.

— Ah ! mon pauvre ami, quel malheur !

— Oh ! monsieur, je ne suis point fâché avec le patron, ni avec sa dame, au contraire. Ils m'ont toujours témoigné une extrême bienveillance, et, si je m'en vais, c'est que je m'établis.

— Où donc ça ?

— Rue de la Roquette. Tout est prêt ; j'ouvre demain. Si monsieur voulait me faire l'honneur de venir, il verrait Brigitte.

— J'irai voir Brigitte, mon cher Babylas.

Plein de goût, ce petit Clovis. Une belle petite boutique, peinte en bleu, avec une enseigne en grandes lettres dorées : BABYLAS COIFFEUR. Une devanture garnie de peignes, de pots de pommade, de savons, de tresses de cheveux, et, au centre, Brigitte, la belle Brigitte, tournant lentement sur son pivot. Son vêtement de gaze, de blondes et de satin laissait à nu ses magnifiques épaules de cire et les richesses de son corsage. La tête légèrement penchée dans une attitude modeste ; le front

blanc, le nez droit, les narines et les lèvres roses,
l'incarnat de la jeunesse sur les joues, les yeux
d'un bleu clair, avec de longs cils bruns retroussés,
les sourcils formant l'arc et une perruque ! Ah ! la
belle perruque ! Une forêt de cheveux châtains
tressés, tordus, nattés, surmontés d'un rien, une
mince coiffure de fleurs artificielles, chef-d'œuvre
signé Boulant.

— Splendide ! éblouissante ! mon cher Clovis.

— N'est-ce pas qu'elle est belle ?

— Adorable ! triomphante !

— Cela me coûte bien cher, fit Babylas avec un
soupir. Mes économies de douze ans ont passé là,
et j'ai des dettes. Mais avec du courage, du travail et un peu de chance, j'espère me tirer
d'affaire.

Brigitte eut un succès énorme dans le quartier
de la Roquette. On se disait :

— Viens donc voir la cocotte au merlan.

Mais on entrait ; on se faisait raser et bichonner,
et le petit commerce marchait comme sur des
roulettes.

Babylas devint amoureux de sa figure de cire.
Pourquoi pas ? Pygmalion fut bien épris de sa
statue. Le soir, quand les volets étaient posés, le
petit coiffeur allumait un bec de gaz et, pendant

des heures, il restait en contemplation devant Brigitte, qui pivotait coquettement en montrant son
dos, ses épaules, son corsage et sa belle perruque.

Vint le 4 septembre.

Aux armes, citoyens ! La levée en masse ! Tout
le monde `.bout !

On ne se fait plus raser, on ne se fait plus coif-
fer, et Brigitte passe pour une dévergondée. Déjà
Clovis a surpris des regards menaçants. Il prend
un parti, et la cocotte est revêtue d'un costume
de cantinière. Cet uniforme lui sied à ravir; le
quartier acclame le déguisement, et Babylas est
nommé sergent dans sa compagnie.

Il fait bravement son devoir. Mais sur les terrains glacés du plateau d'Avron, sur le sol boueux
de Montretout, il reste mélancolique et résigné en
songeant à Brigitte.

Arrive la Commune.

— Qui? moi! quitter Paris sans Brigitte! Ah!
vous ne me connaissez guère. Plutôt la mort !

Cependant le peuple murmurait. On appelait
Brigitte « la gueuse au général », ça n'allait
plus.

Pour sauver sa poupée, Clovis l'habilla d'une
tunique rouge et la coiffa d'un bonnet phrygien.

Elle excita un tel enthousiasme dans l'arrondissement que le sergent, à l'unanimité, fut élu capitaine.

Vous devinez le reste.

Babylas fut fait prisonnier, conduit à Versailles, dirigé sur Cherbourg et emmagasiné sur un ponton.

Cinq mois de tortures.

Il écrivait chaque jour à sa portière pour la supplier de prendre bien soin de Brigitte ; mais la digne dame, dans la crainte de se compromettre, ne répondait jamais. Quelles angoisses !

Enfin le cœur des juges fut pris de pitié. Une ordonnance de non-lieu rendit Clovis à la liberté.

Une nuit, vers dix heures du soir, il arrive malade, exténué, mais tout palpitant, à la porte de sa boutique. Longtemps sa main tremblante essaie de faire jouer la clé dans la serrure ; il y parvient enfin. Dans l'intérieur, cela sent le moisi : qu'importe !

Babylas frotte une allumette et pousse un cri de joie. A la faible lueur de son bout de bois, il vient d'apercevoir Brigitte au milieu de l'étalage, derrière les volets. Il allume alors quatre bougies, puis il s'approche en chancelant.

Horreur!

Est-ce manque de soins? est-ce la peur? est-ce
le chagrin? Je ne sais, mais Brigitte était mécon-
naissable.

Ses cheveux avaient blanchi!!!

LE BILLET DE MILLE

11

LE BILLET DE MILLE

Un jour, à l'improviste, dame Fortune m'a hissé sur son monocycle ; mais comme je me tenais mal en selle, — faute d'habitude, — la vieille et capricieuse déesse m'a rejeté tout aussitôt dans l'ornière originelle.

Tout enfant, je subissais parfois les rapsodies d'un huissier parvenu. Cet ex-officier ministériel, me nombrant avec complaisance ses revenus en terres, rentes, hypothèques ou autres valeurs, avait l'habitude de terminer ainsi son discours :

— Voyez-vous, Jean, la richesse n'est point ce qu'un vain peuple pense ; elle est moins rebelle qu'on se l'imagine ordinairement, mais encore convient-il de lui faire les premières avances. A force de travail, de privations et d'économies, sachez conquérir un billet de mille francs; bientôt un autre viendra lui tenir compagnie, puis un autre encore, puis un dixième, un vingtième, un centième, et vous demeurerez vous-même tout ébloui du succès.

Je comprenais parfaitement que la Sagesse s'était incarnée tout entière sous le cuir tanné de l'ex-huissier. Donc, un billet de mille francs devint mon idéal.

Hélas! dans la conquête de la toison d'or, il est bien difficile de s'agripper à la première mèche. Quant à moi, depuis près d'un demi-siècle, mes tentatives ont toujours été vaines.

Parlons franc. Une fois, une seule fois, j'ai vu luire dans l'herbe verte de l'espérance la luciole brillante de mon vieil huissier, mais comme je me baissais pour la saisir, la bestiole disparut subitement comme une illusion. Je vais traduire mon mécompte en langage vulgaire.

La guerre civile avait éclaté dans les États-Unis, et l'univers entier s'intéressait aux péripéties de cette lutte formidable. Ce grand événement me valut un travail extraordinaire. Depuis quatre

heures du matin jusqu'à sept heures du soir, je
retraçais les combats du *Monitor* et de l'*Alabama*;
or, quand on est occupé pendant dix-sept heures
par jour, on a peu le loisir de se livrer ensuite à
de folles orgies.

Au bout d'un mois, je touchai d'un seul coup
une somme énorme : neuf cent quatre-vingt-trois
francs (983 fr.) ! C'était presque mille francs !

La prédiction de mon huissier allait-elle se
réaliser ? Je le crûs.

Oh ! ce billet si longtemps convoité, je le tenais
enfin ! Je voyais les autres venir rejoindre l'isolé ;
j'avais la passion de la propriété ; je sentais que je
devenais avare !

Mais il me manquait dix-sept francs ! Pour me
procurer cette somme ridicule, je battis tout Paris.
Il me fut impossible de la trouver.

Alors, oh ! alors, je me sentis envahi par une
tristesse profonde ; comme j'étais atrocement fatigué, que nous étions en pleine canicule, je bouclai
prestement une légère valise et je pris le train qui
me transporta dans une petite ville d'eaux, sur
les bords de l'Océan.

A minuit, dans un bon lit, bercé par le bruit de
la marée montante, je m'endormais d'un sommeil
de plomb.

Le lendemain, en me réveillant, je ressentis un
bien-être général. Suivant mon habitude, je toussai
pendant un bon quart d'heure, puis, d'un regard
insouciant, je fis l'inventaire de ma nouvelle chambre. C'était très gentil, très confortable. De l'ensemble je passai aux détails, quand mes yeux s'arrêtèrent sur trois boutons d'ivoire fichés dans le mur,
près du lit. Chaque bouton portait un numéro et
une inscription ; je lus avec surprise :

N° 1. Le décrotteur.

N° 2. Le garçon.

N° 3. La bonne !

Je demeurai rêveur. Tant de prévoyance jusque
dans les choses les plus minutieuses ! Tant de
soins pour d'heureux baigneurs ! Que les oisifs
sont chançards !

L'homme a des instincts inhérents à sa nature ;
il a cela de commun avec certains animaux. Autant par curiosité que par distraction, j'étendis la
main vers le n° 1.

Aussitôt apparut un petit vieux, vêtu de gris,
qui, sans mot dire, salua, prit mes chaussures et
disparut.

Après cette expérience, je passai au n° 2.

Un jeune garçon, rasé, frisé, la serviette sous le
bras, fit une entrée subite :

— Monsieur déjeune dans sa chambre?

— Oui.

— Que faut-il servir à monsieur?

— Mais d'ordinaire je prends du thé, du pain grillé et du beurre.

— On sert monsieur.

En un tour de main, un service complet fut placé sur un guéridon près de mon lit.

Il y a des instants dans la vie où, sans savoir pourquoi, on se sent tout indiscret, tout guilleret. Bien timidement, j'allongeai le bras vers le n° 3 et j'appuyai le plus doucement possible, mais la sensibilité de ce bouton était extrême et l'effet fut immédiat. La porte s'ouvrit. Bon Dieu! qu'il y a donc de façons différentes d'ouvrir une porte.

Blonde, l'œil doux et bleu, le visage rose et sympathique, la mise fraîche et simple, un air de candeur comme on n'en rencontre guère, une jeune fille s'avança lentement, puis, avec un sourire aimable, elle m'expliqua qu'elle était la ravaudeuse de l'établissement, et elle attendit mes ordres.

Comme le temps passe! Je restai trois semaines sur cette plage, puis je songeai à mon retour et je demandai ma note. Je sais qu'il répugne à bien des gens de contrôler ces petits papiers, mais il ne me déplaît point d'en étudier le menu détail. Je lus donc :

Le 14. Un thé. Déjeuner : huîtres à l'échalotte, pieds truffés, parfait. Dîner : potage à la Soubise, écrevisses bordelaises.

Le 15. Thé. Sole normande, pieds truffés. Dîner : volaille truffée, chevreuil sauce ravigote, salade de truffes, buisson d'écrevisses.

C'est exact ; mais je ne m'explique guère pourquoi, sur les bords de la mer, j'ai eu l'incroyable fantaisie de manger tant de truffes et tant d'écrevisses. C'est insensé.

Le total, 210 francs, était d'une modicité rare, mais au bas du papier, se trouvait écrit, d'une manière discrète, le *nota bene* suivant :

Réparation de la sonnette n° 3 : 528 fr.

Voilà ce que c'est que d'avoir du linge en mauvais état. Quand on s'avise de faire repriser ses chaussettes, ourler ses mouchoirs, recoudre ses boutons, cela vous coûte les yeux de la tête.

Je payai gaiement, mais je rentrai à Paris avec une unique pièce de quarante sous dans ma poche, et depuis, je n'ai plus trouvé d'occasion de reconstituer le fameux billet de mille si fort préconisé par mon vieil huissier.

LA TABATIÈRE DU ROI

~~~~~~

On ne s'en douterait guère, mais j'ai compté, parmi mes meilleurs amis, un vrai, un pur, un sincère légitimiste.

Quand je le connus, Adolphe Choquart avait à peine quarante-deux ans. Maigre, de taille moyenne, mais bien prise, irréprochable dans sa tenue, sanglé dans son habit vert, il avait cette allure particulière qui distingue les officiers de cavalerie. Son nez long, bossu, était planté de travers; ses cheveux, noirs encore, formaient sur les tempes deux accroche-cœurs symétriques; ses yeux fendus, mais bridés, ternes souvent, brillaient parfois comme des escarboucles; une grande moustache surmontait une bouche railleuse; le menton de galoche indiquait la résolution. En somme, physionomie étrange mais spirituelle et sympathique, assez semblable à celle du très illustre Don Quichotte.

Depuis la rue d'Angoulême jusqu'à la rue du Mont-Blanc, tout le monde connaissait Choquart. On le montrait du doigt aux étrangers.

— Vous voyez cet élégant gentilhomme qui passe sur le boulevard en brandissant sa canne? Eh bien! c'est le célèbre Choquart, l'auteur de l'*Huissier jovial* qui a tant de succès. C'est aussi le bretteur le plus réputé de notre époque; on ne pourrait pas compter le nombre de ses duels!

Pauvre Choquart! J'avais été assez astucieux pour conquérir son amitié; mais cela me coûtait cher. Il me récitait ses vers. Dieu sait ce qu'il a commis d'odes, de ballades, de chansons, de couplets, de bouquets! Sans doute des régiments de femmes avaient passé leur vie à lui tresser des couronnes de myrtes et de roses, car il chantait sa reconnaissance à tous les jolis noms du calendrier.

Au Grand Estaminet de Paris, — aujourd'hui café de Madrid, — il venait s'asseoir sur ma banquette, en ayant soin de m'acculer dans un coin pour me couper la retraite. Il plaçait son chapeau sur l'oreille gauche et le bec de sa badine à la boutonnière droite. D'une voix douce, il me débitait des strophes à Marguerite, et, naturellement, j'applaudissais. Il penchait alors son chapeau à droite en remettant le bout de sa canne dans la boutonnière gauche; puis il célébrait Marianne, Honorine, Colette, Véronique, Marie, Balbine et toute la bande des saintes du Paradis. Chacune avait au moins ses quatre couplets. C'est ainsi que j'ai appris à transpirer. J'étais forcé de varier mes formules admiratives, car le poète se serait indigné d'un éloge banal. C'est encore ainsi que mon cerveau s'est peuplé de tous ces adjectifs flatteurs, élogieux, adulateurs, qui font aujourd'hui mon désespoir.

Un soir, à minuit et demi, quand on nous mit à la porte du café, Choquart parut enchanté de moi. Il y avait bien de quoi; cinq heures de torture! Me prenant sous le bras, il s'écria gaiement :

« Vive le Roi! vive la France! »

— Oh! pardon! mais celle-là je la connais. On la chantait quand j'étais tout petit, tout petit.

— Mais c'est de moi, riposta mon ami. C'est ma première chanson, et, j'ose le dire, elle a été connue du monde entier.

Imaginez-vous, mon cher, que je fis ces couplets lorsque j'entrai dans les gardes du corps, en

1817. Mes camarades les propagèrent à la cour, et bientôt tout Paris répéta cette chanson, qui m'avait été dictée par mon profond amour pour la famille royale. Louis XVIII, un lettré, un homme de goût, entendit ces vers et voulut en connaître l'auteur.

— Mais, Sire, lui répondit-on, c'est Choquart ! le garde du corps Choquart !

— Je veux le voir, dit Sa Majesté. Faites-le venir.

Dans cet entretien, nous parlâmes latin, nous citâmes Horace, et je chantai mon ode. Le roi, tout à fait ravi, daigna me complimenter et me fit présent de son portrait monté sur une tabatière enrichie de diamants.

La joie fut grande dans la compagnie de Gramont, car c'était un honneur pour elle. Mes compagnons le sentirent si bien qu'ils me laissèrent le portrait du roi; mais, pour les diamants, c'était autre chose; chacun en voulait sa part. Un bijoutier du Palais-Royal me fit une tabatière en faux et me compta la différence, trois mille six cents francs, avec lesquels nous fîmes de somptueuses bamboches.

A quelques jours de là, M. de Sémonville, le grand intendant de la cour, me pria de lui confier ma tabatière. On avait, me dit-il, besoin de portraits du Roi, et, comme Sa Majesté ne voulait pas poser, les copies seraient faites d'après l'original qui m'avait été donné.

Je remis mon cadeau en tremblant, à cause des fausses pierres, mais on ne s'aperçut de rien, et, le travail achevé, on me rendit ma tabatière avec force de remerciements.

Un jour, quelques jeunes folles adorables nous firent comprendre, à deux ou trois de mes amis et à moi, qu'elles visiteraient volontiers en notre compagnie les solitudes du bois de Meudon.

L'offre était attrayante, mais nous n'avions pas le sou.

— Bah! dit l'un, et la tabatière? ce sont des pierres fausses, il est vrai, mais encore ont-elles quelque valeur. Après tout, tu ne tiens qu'au portrait du roi; conserve-le et vends le reste.

L'argument était sans réplique. Je me rendis chez le bijoutier qui, à ma grande surprise, m'offrit quatre mille francs de ma boîte.

— Monsieur Josse, vous n'êtes pas un bon orfèvre; ces diamants sont faux.

— Pardon, fit-il, d'un ton sec, je connais mon métier. Je me souviens très bien de l'imitation que

12

je vous ai livrée, mais elle n'a rien à voir avec ce
bijou nouveau.

Je sentis qu'on s'était mépris : je courus tout de
suite chez M. de Sémonville pour lui raconter
l'histoire. Il en rit beaucoup, puis il me dit :

— On avait pris votre miniature pour faire d'autres portraits, mais toutes les boîtes se ressem-
blent, et quand les copies ont été terminées, on
vous a rendue la première venue. Ces tabatières
étaient destinées à des princes allemands et, à
moins que l'un d'eux ne mette son cadeau au
Mont-de-Piété, il n'est pas probable qu'on remarque l'erreur ; allez donc sans crainte.

Louis XVIII, Monsieur et Madame s'égayèrent
fort de cette substitution involontaire.

Pauvre Choquart ! Il avait le corps lardé de
coups d'épée, et ses nombreux duels pourraient
peut-être se raconter.

Voici ses derniers vers que je viens de relire avec
une bien réelle émotion :

> Dans le voyage de la vie,
> Toujours joyeux, toujours léger,
> Mon destin jamais ne varie :
> Je n'ai pas le temps d'en changer.
> N'ayant rien, — sans crainte importune,
> Je me suis donné pour emploi
> De courir après la fortune...
> Mais... elle court plus fort que moi !

Une nuit, des gredins attaquèrent Choquart et lui cassèrent les jambes. On le revit sur le boulevard, triste, infirme, se soutenant sur des béquilles. C'est peut-être comme cela que vous l'avez connu, mais ce n'était plus l'élégant gentilhomme qui me murmurait jadis ses vers à Éléonore.

ÉLOGE DES GAUDES

ÉLOGE DES GAUDES

Mon cœur est plein d'amertume et, pour la première fois de ma vie, je regrette de ne pouvoir arborer à mon chapeau un brin glorieux du laurier symbolique. Vous compatirez certainement à mon affliction quand vous saurez que les Francs-Comtois, mes chers et bien-aimés compatriotes, ont inauguré à Paris le *Banquet des Gaudes*, et que je n'ai point été convié à cette fête de famille.

Voilà ce que c'est que de se confiner obstiné-
ment dans la plus profonde obscurité ! Un vilain
jour, on se trouve oublié même par ceux avec
lesquels votre cœur battait à l'unisson au souvenir
du pays natal.

Et cependant, tout comme un autre, j'avais de
bonnes choses à dire sur la Comté et sur son mets
de prédilection. Ma foi, tant pis ! Plus heureux que
l'avocat, qui a mûri ses arguments et se trouve
arrêté tout net par la phrase présidentielle : « La
cause est entendue, » je profite de cet avantage
pour prononcer mon petit discours.

Une plante vraiment admirable, c'est le blé de
Turquie. Sa tige élevée, son feuillage d'un beau
vert, ses épis allongés qui brisent aux rayons du
soleil leur corset de soie fine et blanche, et exhibent avec orgueil leurs grains pressés, ronds et
jaunes, me causent un plaisir infini. Le blé de
Turquie est rustique, pas du tout exigeant ; s'il
pousse dans les champs en grande culture, il se
contente aussi d'une petite bande de terre accro-
chée par hasard sur le flanc d'un rocher. Ses fruits,
perles d'ambre, donnent les gaudes.

Les gaudes ! Quel joli nom, quel nom appétis-
sant, affriolant ! Les gaudes, c'est cette farine
blonde, parfumée, savoureuse qui, bouillie dans un

lait pur et crémeux, offre l'aliment le plus léger,
le plus réparateur, le moins assimilable. L'enfant,
la femme, le vieillard, — et même le vigneron —
absorbent lentement, sur le coup de midi, une
énorme assiettée de gaudes, qui maintient l'équi-
libre dans l'estomac, la liberté dans le cerveau et
fait attendre patiemment la soupe aux choux et le
morceau de lard fumé, repas du soir.

Mon Dieu, je sais bien qu'en d'autres pays on
cultive le maïs. On m'a parlé de la miliasse et de
la polenta. Je ne veux pas médire de ces mets qui,
dorés au safran, et convenablement entourés de
cailles et de grives, peuvent séduire quelques amateurs. Il ne faut pas, d'ailleurs, désillusionner les
peuples sur leurs coutumes respectives. Mais là, en
vérité, il n'y a de beau blé de Turquie et de bonnes
gaudes que dans la Franche-Comté, notre pays.

Quand un prince exilé refoule enfin le sol sacré
de la patrie, il s'efforce de capter les cœurs par
des actions généreuses, des paroles bienveillantes
et une simplicité d'allures que rehausse encore
son grand air.

Tel était M. le comte d'Artois. Lors de son retour en France, il se rendait volontiers aux vœux
des populations qui le suppliaient de s'arrêter
quelques heures dans les villes qu'il traversait

Ma ville natale sollicita et obtint cet honneur.
Vers midi, les autorités, postées dès l'aube au
bout de l'avenue des vieux tilleuls, aperçurent
l'équipage du prince et firent enfin le signal convenu. La cloche de notre église retentit à pleine
volée, et la population courut au-devant du royal
émigré pour le conduire triomphalement à la
mairie, où mitonnait un succulent déjeuner.

A la table du festin, le prince prit place entre
la femme de M. le maire et une vieille demoiselle,
notable de la ville, nommée Rosa Barbette. Une
jeune fille, vêtue de blanc, vint déposer devant lui
une assiette de bouillie. L'illustre commensal prit
son lorgnon pour mieux contempler ce blanc-
manger. Il y eut, parmi les autorités, une respec-
tueuse angoisse panachée d'un profond silence.

En voyant qu'à lui seul on servait ce brouet, le
prince en demanda la cause à sa voisine.

Toute troublée, Mlle Rosa Barbette balbutia :

— Ce sont des gaudes, Altesse. C'est un mets
essentiellement franc-comtois, et chaque fois
qu'un... qu'une hanche royale s'assied à la table
de notre hôtel de ville, on lui sert...

— A la hanche ? demanda M. d'Artois en
souriant.

— Oui, Votre Altesse, affirma la vieille demoiselle, de plus en plus émue. On lui sert des gaudes dont elle porte quelques cuillerées à sa noble bouche.

Le prince, mis en gaieté par sa voisine, finit par ne causer qu'avec elle pendant le reste du repas. Enhardie par tant d'honneur, Mlle Rosa poussa l'indiscrétion jusqu'à réclamer un service.

— En quoi puis-je vous être utile, Mademoiselle ? répondit le prince avec courtoisie.

— J'ai un frère à Paris...

— Et vous lui désirez une place ?

— Si Votre Altesse voulait bien chercher quelque occupation à mon frère, j'en serais fort reconnaissante; mais, pour le moment, je voudrais lui faire parvenir une lettre avec un napoléon.

Le comte d'Artois fronça le sourcil.

— Un louis, veux-je dire, reprit vivement la demoiselle. Si Votre Altesse voulait bien s'en charger, je serais tout à fait rassurée.

— Comment cela ? Quelles sont donc vos craintes ?

— Votre Altesse n'ignore pas que les grandes routes sont infestées par nos libérateurs. Or, ma lettre et son contenu, si je les mettais à la poste, pourraient tomber dans les mains des Prussiens, et, dans ce cas, ce serait une perte sèche pour moi.

— Je suis heureux, Mademoiselle, de vous être agréable. Faites-moi remettre votre envoi ; il parviendra sûrement à sa destination.

— Je l'ai là ! dit Mlle Barbette, dont la main droite se perdit dans les plis de son corsage. Votre Altesse Royale peut s'assurer...

Le prince fit un soubresaut qui dénotait au moins un certain étonnement ; mais la bonne demoiselle tirant elle-même la lettre :

— La pièce d'or est bien sous l'enveloppe. Voyez, Monseigneur, elle décrit un disque sur le papier.

Le prince fut un messager fidèle.

La réponse du frère à la sœur, ainsi conçue, pouvait, au besoin servir de récépissé.

« Chère et bonne Rosa,

« J'ai reçu de tes nouvelles et vingt francs par un auguste canal. C'est avec plaisir que j'aurais fait la connaissance du frère de Louis le Désiré, mais trop fier sans doute pour venir lui-même remettre ta lettre en mains propres, il en a chargé son coureur, personnage dont les grosses bottes ont fort effrayé ma femme et mes enfants. Quand on consent à faire une commission, on doit, ce me semble, aller jusqu'au bout. L'intrusion d'un subalterne est choquante. On ne saurait se concilier l'amour des peuples en affichant un dédain semblable à celui dont je suis la victime. Retiens bien ce que je te dis, ma chère Rosa ; le gouvernement nouveau ne peut durer longtemps. Un prince, assis sur les marches du trône, doit donner l'exemple de la politesse. C'est le plus sûr moyen de fermer l'ère des révolutions.

« Envoie-moi un sac de gaudes fraîches, et reçois les embrassements de toute la famille.

» Ton frère, LUCIEN. »

Tel est, chers et ingrats compatriotes, le discours dont je vous aurais régalé si vous m'aviez convié au joyeux *diner des Gaudes.*

GOUSSE D'AIL

~~~~~~~~~

Aujourd'hui, dimanche, le XIVᵉ arrondissement
fête joyeusement l'inauguration du Lion de Belfort,
érigé en l'honneur du colonel Denfert-Rochereau.

En dehors des plaisirs forains, on procédera, si
le temps le permet, au gonflement et au départ
d'un superbe ballon dénommé la *Défense nationale*,
et, à cinq cent mètres d'altitude, les aéronautes
mettront en liberté des pigeons voyageurs, qui
regagneront à tire d'aile les villes du nord où ré-
sident leurs intéressantes familles.

Tout le monde sait maintenant que ces oiseaux
intelligents retrouvent leur route du midi au nord,
mais que leur instinct s'émousse quand il s'agit
'aller du nord au midi.

La Défense nationale, Belfort, les ballons, les

pigeons, tout cela me reporte malgré moi, à
douze années, douze années déjà ! N'ayez pas
peur ; je ne veux vous parler ni siège, ni stratégie,
ni politique. Je désire tout simplement indiquer
un tout petit côté du caractère parisien.

Donc, un soir, dans une casemate du rempart,
Eugène Lavieille, notre excellent maître paysagiste, s'aperçut que ses compagnons d'armes
étaient moins gais qu'à l'ordinaire. Le froid, la
faim, l'incertitude du lendemain motivaient parfois
ces accès passagers de défaillance. Le brave artiste
voulut réagir contre cette mélancolie, et sachant,
par expérience, l'influence que les contes ont sur
les enfants et aussi sur les grandes personnes, il fit
grouper les hommes du poste autour de lui, et il
leur parla en ces termes :

Il était une fois, — voilà longtemps, bien longtemps déjà, — un troupeau de moutons qui pais-
sait paisiblement dans les prés qui s'étendent
entre Melun et la forêt de Fontainebleau.

Les moutons étaient si nombreux que, quand
ils changeaient de pâturage, ils couvraient toute
la route, depuis la maison du garde jusqu'au grand
peuplier qui s'élève si haut contre le mur du parc.
Il y avait peut-être mille moutons ; mais comme
je crains qu'on ne m'accuse d'exagération, je me

contenterai de dire qu'il y en avait seulement
quatre cent vingt-huit, ce qui est déjà très joli.

La perle du troupeau était une adorable petite
brebis à la laine soyeuse et frisée, au museau
rose et aux yeux bleus. Agnelle, c'était son nom,
avait de neuf à dix mois ; — c'est comme qui di-
rait quatorze ou quinze ans pour une jeune fille.
Age heureux de la gaieté et de l'inexpérience, de
l'effusion spontanée et de la confiance naïve !

Par un après-midi d'août, Agnelle s'éloigna de
la bergerie. Comme le soleil était très chaud, la
petite brebis prit le sentier sous bois qui mène au
chêne des Quatre-Frères. Un énorme animal ron-
flait sous l'épaisse feuillée de cet arbre si connu.
C'était un loup, un gros loup au pelage gris roux,
aux jambes noires, et dont le museau grison-
nait.

Parfois, dans la forêt de Fontainebleau, on rencontre un individu de cette espèce. Remarquez,
s'il vous plaît, que je ne vous dis pas qu'on trouve
des bandes de loups, mais bien qu'on en voit un
de temps en temps.

Agnelle, dans son innocence, crut que c'était
un ancien militaire. Comme elle était passablement curieuse, elle voulut faire un brin de conversation avec ce vieux héros, et elle s'en vint le

pousser de sa patte blanche. Une brebis qui réveille un loup ? A-t-on jamais vu !

Le loup ouvrit un œil, puis l'autre. Il croyait rêver. Mais la voix douce de la brebis le rappella bientôt au sentiment de la réalité. L'iris fauve de ses yeux obliques prit une expression singulière et sa grande gueule grimaça un sorte de sourire qui découvrit quelques chicots formidables.

— Mon bon monsieur, auriez-vous la complaisance de m'indiquer le château de M. le baron. J'ai perdu mon chemin et je suis très embarrassée.

— Oh ! ma belle enfant, permettez-moi de vous accompagner, car je me dirige précisément de ce côté. Mais, dites-moi, qu'allez-vous faire au château de M. le baron ?

— Je vais jouer avec les demoiselles. Quand je danse avec elles, elles me donnent des friandises, me parent de rubans rouges, et leur frère aîné m'apporte des cigares.

— Comment, à votre âge, vous fumez ?

— Oh ! non, monsieur, je chique.

Et pour montrer son talent, la pauvrette se mit à sauter, virant, cabriolant, gigottant, se trémoussant avec tout plein de gentillesse. Le loup, qui la couvait de son regard embrasé, applaudissait des deux pattes.

13.

Maintenant, capitaine, je vais vous chanter ma chanson favorite.

Et, les yeux en coulisse, la main posée sur le cœur, faisant des mines comme les demoiselles de M. le baron, Agnelle, d'une voix émue, entonna cette ancienne romance :

> Bouton de rose,
> Que le plaisir
> Vient d'entr'ouvrir
> A peine éclose...

Et cœtera.

Quand elle eut fini, modeste, elle attendait un petit compliment. Mais le loup dit en ricanant :

— Peuh ! pas de méthode ! Tu crois avoir une voix perlée, et tu chevrotes, tout simplement.

Dire à une brebis qu'elle chevrote ! Quelle injure ! Agnelle rougit jusqu'au bout du museau en fronçant les sourcils :

— Insolent ! s'écria-t-elle ; je vas vous fich' une claque !

D'un geste prompt comme l'éclair, elle souffleta le malotru.

Celui-ci fut pris d'un tel rire que les feuilles des chênes frissonnaient, que les perruques des bouleaux s'agitaient, et que tout le taillis se penchait comme s'il eût voulu fuir. Le loup riait si fort qu'il en pleurait.

— Ah ! mon Dieu, je vous ai fait du mal, dit la brebis.

— Oui, ma bichette ; tu m'as fait mal, bien mal. Mais viens m'embrasser sur la joue et je n'y penserai plus.

— Bien volontiers, capitaine.

Et l'insolente vint se jeter dans les bras du fourbe, en appuyant son nez frais sur ses moustaches grises.

On entendit un petit cri, un bruit de mâchoires...

Agnelle n'était plus !...

Ce dénouement est naturel, sans doute, et cependant il attriste outre mesure. Sans cette catastrophe, Agnelle aurait grandi, et, qui sait ? aujourd'hui nous verrions peut-être devant nous un gigot fumant, cuit à point, avec une gousse d'ail près du manche.

En achevant son invraisemblable récit, Eugène Lavieille tira de sa poche une poignée de gousses d'ail qu'il distribua à ses compagnons. Ceux-ci, qui, sur son pain, qui, sur son biscuit, frottèrent énergiquement ce stimulant énergique à l'odeur pénétrante, puis, — telle est la force de l'imagination, — ils dévorèrent leur pauvre pitance, avec un appétit sans égal.

Après une accolade au bidon, ils remercièrent l'orateur en criant en cœur et joyeusement :

Vive la République !

ABSINTHE ET BISTOURI

ABSINTHE ET BISTOURI

En ce temps-là, — il y a quarante ans, — on ne faisait pas son absinthe comme aujourd'hui. Le docteur Pichet prenait d'abord un grand verre dans lequel il posait un petit verre à pied plein de l'attrayante liqueur; puis, saisissant la carafe entre le pouce et l'index, il laissait tomber l'eau fraîche, goutte à goutte, sur l'absinthe, qui perdait de son ton vif, se troublait, débordait, s'épaississait et arrivait enfin à cette nuance si fort

appréciée par les amants de la Muse Verte. Il
avait de légers mouvements du poignet, en tout
semblables à ceux d'un maître d'armes qui *tâte le
fer* d'un adversaire. Cette délicate opération terminée, le docteur retirait le petit verre, qui ne
contenait plus que de l'eau pure, et me présentait la précieuse infusion en s'écriant : Goûtez-
moi ça!

Je vois encore le large sourire de cette bouche
édentée qui seyait si bien à ces gros yeux bleus à
fleur de tête, à ce crâne luisant, à ce nez couleur
tomate, car le docteur avait une physionomie particulière, surtout quand il était satisfait.

— En vérité, cher maître, c'est exquis ! disais-
je, en dégustant comme il convient, la savante
préparation.

Le docteur Pichet ne faisait pas l'absinthe à tout
le monde, gardez-vous de le croire. A moi seul
était réservée cette faveur, et, pour lui témoigner
ma trop juste reconnaissance, j'écoutais, sans
broncher, ses longues dissertations sur le *cowpox*.
Car, j'oubliais de vous le dire, le docteur était
l'homme de France qui vaccinait le mieux, et,
pour ce cas spécial, pas une mère de la contrée,
— y compris les dames de la ville — depuis
Gouhenans jusqu'à Plancher-les-Mines, n'aurait

voulu confier ses enfants aux soins d'un autre médecin.

La préférence dont j'étais l'objet, malgré mon jeune âge, éveilla la causticité de certains jaloux, et, quelque temps avant mon départ pour Paris, une méchante langue me raconta l'histoire des débuts du docteur Pichet.

Le père de mon ami Odilon Pichet était, en 1812, un ancien greffier qui vivait doucettement de ses petites rentes, et rêvait pour son fils un brillant avenir. Aussi, quand le jeune homme sortit du collège, son père s'empressa-t-il de l'envoyer à Paris pour étudier la médecine ; mais cette belle résolution fut promptement modifiée. Après une année, Odilon fut énergiquement rappelé au bercail. S'était-il montré paresseux ? Avait-il outrepassé son budget ? Le père craignait-il pour son fils unique les entraînements fréquents alors, vers la passion héroïque ? Je ne sais. Toujours est-il qu'Odilon dut se résigner à l'oisiveté pernicieuse et stérile d'une petite ville de province ; il s'en allait de café en café dépensant les quelques francs qu'il gagnait dans une étude de notaire.

Bientôt les temps devinrent mauvais. Les alliés envahissaient la France, parcouraient nos contrées

14

dévastant tout, pillant tout, jetant l'effroi chez
nos campagnards, qui durent émigrer avec leurs
malheureuses familles vers nos montagnes inac-
cessibles. Quelques paysans, aveuglés par le chagrin, rendus furieux par la misère, tentèrent une
résistance insensée. Cachés sous les taillis, dans
les buissons qui bordent la grande route, armés
de fléaux, de fourches, de serpes ou de haches, ils
attendaient, le soir, le passage de ces retarda-
taires, mauvais soldats, sans énergie dans le
combat, mais dangereux pillards, qui se traî-
nent à la suite des armées. Les ossements humains qu'on peut voir encore dans les étangs de
Frahier témoignent de ces luttes acharnées et san-
glantes.

Le nombre des blessés qui parvenaient à rega-
gagner la ville devint bientôt assez considérable
pour nécessiter l'établissement d'un hôpital. Les
vastes appartements d'une ancienne abbaye formaient un local très convenable, et le seul médecin qui exerçât alors son art dans la ville et les
cantons fut mis à la tête de l'ambulance. Le docteur Franchevelle était un praticien fort expéri-
menté, très estimé, qui accepta par humanité une
tâche au-dessus de ses forces, car ses deux visites
quotidiennes à l'hôpital lui prenaient de longues

heures, et sa clientèle, dans la ville et les environs, se trouvait bien négligée.

Comme il sortait un jour de l'abbaye, M. Franchevelle aperçut Pichet, le fils, qui musait dans la grande rue.

— Odilon ! s'écria-t-il, viens ici !

— Voilà, monsieur le docteur. Que désirez-vous ?

— Veux-tu gagner cent cinquante francs par mois ?

— Cent cinquante francs ! Mais à quoi faire, bon Dieu ?

— A faire de la médecine, animal !

— De la médecine ! moi ! c'est que...

— N'as-tu pas pris trois ou quatre inscriptions ?

— Sans doute ; mais...

— N'as-tu pas fréquenté la clinique ?

— Oh ! si peu...

— Assez, monte dans ma voiture ; nous allons à la préfecture.

Et le soir même un brevet de capacité, signé par Franchevelle et deux médecins de Vesoul, contresigné par le préfet et les autorités militaires, était remis aux mains du docteur Odilon Pichet.

Celui-ci, dès le lendemain, entrait en fonctions.

A vrai dire, ces fonctions différaient peu de celles d'un vulgaire infirmier. Le jeune Pichet se contentait de suivre le maître dans sa visite du matin et de noter les prescriptions qu'il exécutait ensuite tout à l'aise pendant la journée.

— Tu poseras des cataplasmes à celui-ci.

— Oui, monsieur le docteur.

— Vingt sangsues à celui-là.

— Parfait !

— Tu donneras une purge noire à cet autre.

— Bravo !

— La diète au 28. Deux portions au 41.

Et ainsi de suite. La ronde était promptement terminée et, l'âme tranquille, M. Franchevelle pouvait visiter ses malades civils.

L'occasion de montrer des connaissances plus étendues que celles qui sont nécessaires pour appliquer un cataplasme ou poser des sangsues ne se fit pas longtemps attendre. Dans l'une de ces luttes dont je parlais tout à l'heure, un jeune Cosaque avait reçu un coup de fléau sur la nuque et un formidable abcès s'était déclaré. Quand le docteur Franchevelle jugea la tumeur parvenue au point désirable, il l'entailla vigoureusement à l'aide du bistouri, puis, sans se préoccuper des plaintes du sujet, il dit à Pichet :

— Attention ! tu vas me nettoyer tout cela avec soin. Lave, éponge avec précaution, enlève les chairs mortes, et quand la plaie présentera un bel aspect, couvre-la de charpie et de cérat.

— Tout ira bien, maître, répondit Odilon avec quelque suffisance.

M. Franchevelle quitta l'ambulance. Cachant une émotion profonde sous les dehors d'une gravité factice, le docteur improvisé s'avança lentement vers le lit du patient. Il allait faire un pansement sérieux ; or, nos plus habiles chirurgiens vous diront tous que le premier pansement prend toujours les proportions d'une très importante opération. Le cœur d'Odilon battait violemment.

Il examina longuement les caractères de la lésion ; mais, quand il voulut la toucher du doigt, le jeune Cosaque poussa de tels cris et se débattit avec tant d'énergie, qu'il fut contraint de s'arrêter.

Sur un signe, quatre convalescents s'emparèrent du malade et le maintinrent immobile, couché sur le ventre. Pichet put alors procéder avec ordre. D'abondantes lotions nettoyèrent le phlegmon ; les chairs gâtées furent enlevées, ma foi, avec une remarquable dextérité, et bientôt la blessure ne présenta plus qu'un trou, très profond à la vérité, mais rose, vif et sain.

Le malheureux hurlait toujours.

Au moment de poser sa charpie et son cérat, Pichet voulu s'assurer contre toute négligence. Il crut apercevoir au fond de la plaie quelques petites taches blanches. Saisissant un bistouri, il l'introduisit résolument vers l'endroit suspect, et appuyant un peu vivement, il fit passer la lame d'acier entre deux vertèbres et... trancha net la moelle épinière...

Les cris cessèrent...

Enchanté de ce résultat, Pichet acheva son pansement avec componction et recueillement, mais quand les bandages furent fixés et qu'on voulut retourner le malade, le pauvre jeune Cosaque était mort !...

Quand je vois un amateur *creuser son absinthe*, je pense au docteur Pichet qui vaccinait si bien. Je me rappelle son vaste sourire, ses yeux bleus, son nez rouge et son crâne jaune.

Mais quand j'apprends qu'on va se battre quelque part, je me demande si par hasard, dans un moment de presse, un de nos jeunes soldats blessés ne pourrait être confié aux soins d'un docteur Pichet.

RHUME DE CERVEAU

RHUME DE CERVEAU

— De mon temps, Monsieur, les nihilistes étaient inconnus en Russie.

Cela dit, Ernest avala une énorme gorgée de rhum mêlé d'un peu de thé, puis allumant un gros cigare, il se renversa dans son fauteuil et continua d'un ton dolent :

— Les étrangers, — les Français surtout, — croient encore qu'en Russie la fortune les attend au débotté, mais la désillusion ne tarde guère à leur montrer son nez pincé et grimaçant. Pour ma part, j'étais établi depuis six mois sur la Perspective de Newski, mais la clientèle se refusait à franchir mon seuil. Humilié, désolé, j'étais réduit, pour vivre misérablement, à donner des leçons de coiffure à quelques femmes de chambre.

Un jour de décembre, en revenant d'une course, je vis déboucher d'une rue étroite et déserte un convoi..., le convoi du pauvre, — sans le caniche traditionnel. Cet emblème de la fidélité était remplacé par un grand diable d'officier, couvert d'un manteau gris tout rapiécé, qui, en dépit de vingt-quatre degrés de froid, tenait à la main une vieille casquette blanche.

Je me découvris et je m'arrêtai pour laisser passer ce modeste cortège.

Les yeux de l'officier rencontrèrent alors les miens; et, sur leur invitation un peu impérieuse, — quoique tempérée par un geste poli, — je me mis à suivre son pas en allongeant démesurément les jambes. Aussitôt le militaire entama la conversation :

— Maintenant, nous sommes deux pour accompagner l'heureux mortel qui a réglé ses comptes sur cette terre. Je vous remercie en son nom et en celui de l'humanité.

Je m'inclinai. Il poursuivit :

— Le service que je vous demande ne sera pas de longue durée.

— Comment ? Mais il faut une heure pour se rendre au cimetière.

— Oh! nous n'irons pas jusque-là. Dès que le peuple nous verra derrière ce char, il s'empressera de faire de même, et, quand il y aura suffisamment de monde, nous nous retirerons avec l'assurance que le mort sera bien accompagné.

Cet officier, qui me paraissait un causeur agréable, allait continuer, mais des éternuements successifs lui coupèrent la parole. Je portai mon regard vers son front; les bulbes pileux n'existaient plus; la calvitie était un fait accompli.

— Monsieur est parent ou ami du défunt ?

— Pas du tout. C'est uniquement parce qu'il s'en va seul en terre que j'ai résolu de le suivre jusqu'à ce que d'autres fassent comme moi.

Et il éternua de plus belle. L'accès passé, je repris :

— Tant de charité chrétienne est dangereuse, et je crains pour vous, Monsieur, un fort rhume de cerveau.

— Je le crains aussi, mais qu'y faire, si Dieu le veut?

— Dieu a donné à l'homme l'intelligence pour résister aux rigueurs de la nature : or, contre les rhumes de cerveau, il y a les perruques. Je conseille à Monsieur de s'en commander une finement tressée. Elle le rajeunirait, tout en préservant son sinciput des frimas.

L'officier me regarda bien en face :

— Vous êtes orfèvre, monsieur Josse ! s'écria-t-il.

— Non, Monsieur, non. Je ne me nomme pas Josse, et je ne suis point orfèvre. Je m'appelle Ernest, et je suis tout simplement le meilleur coiffeur de Saint-Pétersbourg.

— C'est ce que je voulais dire, fit-il en souriant. Demain, à huit heures, je serai chez vous. Donnez moi votre adresse.

Je la lui glissai, et peu après nous nous séparâmes.

Ce militaire avait eu raison. Notre exemple, à tous deux, avait amené une foule immense de gens du peuple, et aussi de seigneurs, qui suivaient le convoi du pauvre dans de magnifiques équipages.

Le lendemain, à l'heure dite, ma connaissance de la veille entra chez moi en éternuant. Son affection nasale n'avait fait que croître et embellir. Saisi d'une crainte sans motif, je n'osai lui offrir

le calumet de bienvenue, ce signe de l'égalité en
Russie.

Il s'assit sans façon en me disant :

— Je viens, suivant ma promesse, vous livrer
ma tête. Faites en sorte que votre perruque soit
très légère, à cause du casque que je porte souvent.

— Cher maître, vous serez satisfait.

Aussitôt, je me mis à prendre mes mesures, et
mes doigts agiles passant avec légèreté sur ce crâne
dénudé, en saisissaient habilement les aspérités et
les ravins. Un secret orgueil me criait : « Tu ne
tiens pas la tête du premier venu ! » Ah ! qu'on est
fier d'être coiffeur quand on palpe de tels fronts !

Mes notes prises, mon client se leva et me dit :

— Il me faut ma perruque pour la bénédiction
de la Néwa, le 6 janvier. Je vous attendrai au palais le 5, à dix heures du matin.

— Quel palais ?

— Le Palais d'Hiver... Vous montrerez tout
bonnement votre carton aux serviteurs que vous
rencontrerez, et vous parviendrez jusqu'à moi.

A l'aide de mes mesures, je sculptai en bois la
tête de l'officier, afin d'opérer sur des données in-
faillibles, et je réussis à créer la plus parfaite des
perruques.

15

Te le dirai-je, ami ? J'eus la faiblesse d'endosser mon habit noir pour aller présenter le fruit de mon labeur à un courtisan !

Je traversai les cours sans avoir besoin de décliner mes titres Sous le vestibule, un huissier vint à moi ; je lui montrai le carton ; il s'inclina et m'introduisit dans un salon où causaient plusieurs officiers généraux. Une de ces graines d'épinards s'approcha ; je fis voir mon talisman.

— Très bien, fit-il en saluant.

Quelques secondes après, j'entrais chez mon client.

Ce satellite du despotisme était assez mal meublé. Un lit de camp sans matelas, des livres, des papiers, un lavabo, un chien, tout cela se trouvait pêle-mêle dans une chambre voûtée, à l'entresol.

— Ah ! c'est vous, Ernest, s'écrie-t-il en me voyant. Asseyez-vous un instant, je suis à vous.

J'eus le loisir de le contempler à mon aise, tandis qu'il écrivait à son bureau. Il était couvert du vieux manteau qu'il portait à la ville, s'en faisant ainsi une robe de chambre et, très probablement, une couverture de lit. Ses jambes tenaient dans un vieux pantalon en futaine, dont les pieds usés laissaient passer les talons. Le chien, barbet édenté, mal tenu, vint à moi en agitant sa queue en signe d'amitié. Il flaira le carton placé sur mes genoux ; mais, mécontent de l'odeur de vanille qui s'en exhalait, il retourna se coucher sur les pieds de son maître. (Chez les chiens comme chez les hommes, les parfums préférés ne sont que dans l'idée qu'ils y attachent.)

Mon client se lève enfin ; il prend la perruque et la pose sur son poing.

— Voilà un bel ouvrage, fit-il avec enthousiasme. Vite, essayons.

Ma perruque allait comme un gant : elle s'adaptait à toutes les fantaisies et accidents dont la nature s'était complue à orner ce crâne qui, désormais, pouvait braver les rigueurs atmosphériques des régions polaires. De plus, elle rajeunissait de quinze ans mon bonhomme.

— Merci, Ernest, merci ! C'est très bien, dit l'officier ; je suis enchanté.

Puis il se remit à écrire. Je sortis, assez inquiet du paiement, que je n'osai pas demander.

Le général, qui s'était incliné devant le carton, m'attendait à la porte.

— Sa Majesté, dit-il, est-elle de bonne humeur?

— Quelle Majesté ? fis-je, au comble de l'étonnement.

Pourquoi ne pas l'avouer? En apprenant que

j'avais coiffé l'empereur Nicolas, une satisfaction
intérieure ébranla mes convictions politiques ;
mais cela passa comme un éclair.

— Général, dis-je en reprenant mon sang-froid,
ce matin le chef de l'État est gai comme un pinson,
et si vous avez quelque chose à solliciter, allez-y
dardar !

A partir de ce jour, tous les gros personnages
vinrent à l'envi me commander des perruques qui
leur permettent, comme à l'empereur qu'ils imi-
tent en tout, de se découvrir aux enterrements.

Tu le vois, ami, c'est à un de ces coryzas qui
font époque dans la vie d'un autocrate, que moi,
Ernest, démocrate avancé, je dois la réputation et
la fortune.

SOIRÉE AU SÉRAIL

Avant moi, Abdul-Medjid n'avait reçu au sérail aucun escamoteur.

Ma réputation, à ce qu'il paraît, — traversant le champ des morts, — était parvenue jusqu'à Sa Hautesse.

J'habitais l'hôtel de France à Péra ; les garçons, à cette époque, n'y parlaient que l'allemand et le russe ; sans cet inconvénient, je me serais cru dans ma belle patrie.

Un jour, on frappe à ma porte. Un heiduque — ne pas confondre, — s'offre à ma vue troublée, tenant un firman souverain. Il me sembla que ce messager était aussi porteur du fameux cordon.,. Couac ! Ecoutez-donc, quand on emprunte aux sciences occultes leurs surprenants mystères, on peut en certains pays passer pour un sorcier et,

15.

comme tel, subir le sort d'un canard prêt à rôtir.
Oui, je frissonnai. Je me figurai même que ce
parchemin, sentant le buis à plein nez, provenait
de la peau tannée d'une odalisque récalcitrante.

Le heiduque, par ses gestes, m'expliqua son
message et dissipa mes terreurs chimériques.

Sa Hautesse m'ordonnait de me rendre au sérail
le lendemain ; elle voulait offrir une soirée à ses
trois cent soixante-cinq dames. Eh quoi ! j'allais
être admis à les contempler, et je ne causais aucune
crainte ! Cela m'humiliait un peu.

Je fis transporter au palais mon célèbre cabinet.
Dans le grand et beau jardin qui sépare le sélem-
lick du harem, on avait construit une vaste
baraque en planches et en toiles épaisses, et en
visitant ce théâtre improvisé, mes illusions s'envo-
lèrent. La jalousie musulmane avait couvert d'un
interminable voile rose toute la galerie destinée à
ces dames. Elles pouvaient m'admirer, mais sans
réciprocité. L'agencement était fort ingénieux,
mais bien cruel à mon égard. Cette déception ne
m'empêcha point de m'occuper de mon travail préparatoire.

Cinq heures avant la représentation, j'étais là
avec Cabochard, mon aide, que, par une adroite
flatterie, j'avais costumé en palikare. Je montrais

mon firman à tout le monde ; les Turcs le baisaient avec respect. L'exemple me gagnant, je baisai moi-même ce parchemin, et je le fis baiser à Cabochard.

A neuf heures la salle était éclairée par des milliers de bougies. Nous attendions. Tout à coup, une forte odeur de parfums vint caresser nos nerfs olfactifs ; nous entendîmes un bruit sourd de piétinement continu. Ces dames arrivaient. Le bruit provenait de leurs babouches divorçant avec les talons à chaque pas qu'elles faisaient.

Le Sultan parut enfin, accompagné d'un état-major complet. C'était éblouissant. Sa Hautesse causait familièrement avec notre ambassadeur, mais celui d'Albion prêtait l'oreille et veillait au grain.

Quand l'assemblée eut pris place, sur un signe amical de notre ministre, je commençai par ce petit discours :

— Je prie humblement le grand souverain de ces rives enchantées de vouloir bien accueillir les hommages respectueux de son heureux prestidigitateur. Je forme les vœux les plus ardents pour la bonne santé de Sa Hautesse jusqu'à la fin de ses jours.

Le monarque porta lentement la tête à droite,

puis à gauche ; je crus qu'il n'agréait ni mes hommages ni mes souhaits, mais j'appris plus tard que
c'était là sa manière de manifester le contentement
de son cœur.

Mes tours de cartes n'eurent qu'un succès d'estime ; je m'y attendais. Entre mon auditoire et
moi, la glace ne se rompit qu'après ma multiplica-
tion des pièces de cent sous. Le Sultan, émerveillé,
se disait peut-être :

— J'ai bien envie de prendre ce gaillard-là pour
mon ministre des finances.

A partir de ce moment, je fus en possession de
toutes mes brillantes qualités, bonne humeur,
entrain, souplesse, grâce, et je volais de succès en
succès. Sa Hautesse et l'ambassadeur de France ne
cessaient de m'applaudir, mais l'ambassadeur
d'Angleterre faisait un nez !...

Une seule chose m'ennuyait. Durant toute la représentation, les bougies d'un jaune terne se ré-
pandaient goutte à goutte sur toutes les pièces de
mon célèbre cabinet et aussi sur mon habit, qui
semblait constellé de piastres ; mais le succès efface bien des petites misères.

Après le départ de ces dames, le Sultan voulut
monter sur le théâtre pour me voir de près, ainsi
que mes bibelots. Un tour l'avait beaucoup intri-

gué : celui de son mouchoir de poche que je brû-
lais, et que je retirais ensuite d'une des bougies
d'une girandole pour le lui rendre. Comme j'expli-
quais cet exercice, une stalactique bouillante,
s'échappant d'un lustre, vint couler sur les gants
Jouvin de Sa Hautesse. Elle fit une grimace qui
n'avait rien de tendre pour son fournisseur.

Je saisis l'occasion par ses rares cheveux et je
montrai mon habit. Le prince daigna rire de bon
cœur, et je m'écriai :

— Que Votre Majesté veuille bien se rendre
compte de ces mèches plates dont le lumignon
charbonné n'a pas la force d'attirer la cire et de
répartir avec ensemble le combustible. Ma parole
d'honneur, c'est navrant d'être ainsi servi !

D'une voix douce comme celle d'une femme,
le Sutan répondit :

— C'est navrant !

Il s'agissait de frapper un grand coup. Je me
jettai à genoux devant les bottes du prince en disant :

— Pour l'honneur du sérail, pour la propaga-
tion des lumières dans ce vaste empire, je supplie
Sa Hautesse de m'accorder le firman de fabrication
de ses bougies ; jamais une goutte de cire ne ma-
culera les gants paille de Votre Majesté.

Le Sultan me releva de ses pieds avec ses propres mains, et murmura à mon oreille, comme s'il eût craint les indiscrets :

—Je t'accorde ta demande ; demain, tu recevras ton firman.

Notre ambassadeur jubilait. Celui d'Angleterre dut en écrire à son gouvernement.

A partir de ce soir-là, je laissai le champ libre à mes nobles rivaux en art, en succès et en gloire. J'ai fait fortune dans la stéarine et j'aurais mauvaise grâce à médire du Turc. Quand on me questionne sur mes origines, j'avoue franchement que jadis j'étais escamoteur de têtes couronnées.

AIR ÉCOSSAIS

AIR ÉCOSSAIS

Le peintre Charles Marchal et le compositeur Alfred Quidant avaient passé la journée chez un ami qui habite Poissy. La bonne causerie qui suit un gai dîner leur fit oublier l'heure et quand ils arrivèrent à la gare, le dernier train était parti depuis vingt minutes.

Comment faire pour regagner Maisons-Laflitte,
leur résidence d'été ? La nuit était splendide. Sur
un ciel d'azur foncé, la lune courait au travers
des cimes des arbres en projetant sur les taillis sa
blanche lumière qui rendait encore plus mysté-
rieuses les grandes masses d'ombres. Une brise
fraîche avait succédé à la chaleur brûlante du jour ;
on respirait à l'aise. Douze kilomètres sur une belle
route de la forêt de Saint-Germain s'arpentent
sans qu'on y songe, en jasant, en fumant, en
chantant. Tel fut l'avis des deux bons compagnons
qui s'acheminèrent résolûment vers l'étoile de
Rocourt.

Je ne sais personne qui chante avec plus d'art
que mon ami Alfred. Il fait tous ses efforts pour
dissimuler ce mérite ; mais c'est pour échapper
aux sollicitations importunes des gens ennuyeux.
Certes, sa voix n'a pas une ampleur étourdissante ;
mais il sait la guider avec un goût parfait et quand
il développe une phrase musicale, les nuances, les
indications prennent un charme indéfinissable.
Malheureusement, ce n'est que dans l'intimité la
plus restreinte, et par hasard, qu'il consent à révéler son beau talent.

En marchant, sans y songer, il se mit à fredon-
ner un petit motif étrange, bizarre, doux, mélan-

colique, tout empreint d'une saveur originale.
Charlot s'arrêta pour écouter, puis il dit :

— Répète donc encore cette chose si gra-
cieuse.

Le musicien recommença.

— Mais c'est charmant. Qu'est-ce que cela?
D'où cela vient-il ?

— Ah ! gros malin, tu veux tout savoir : eh bien,
écoute.

Dans l'été de 1840, peu de temps après son mariage, la reine Victoria fit, avec le prince Albert,
un voyage en Écosse. Les braves et loyaux highlan-
ders et loulanders luttèrent à qui mieux mieux
pour faire aux nobles époux les honneurs de leur
beau pays. Rayonnante de bonheur, la jeune souve-
raine reçut une profonde impression de cette joie
qui saluait son avenir.

Un détail à noter et qui est fort humain. Au
milieu de ces fêtes brillantes, la reine entendit
quelquefois la petite mélodie naïve et nationale
que je chantais tout à l'heure. Elle se plut à l'apprendre et à la jouer devant son mari.

En 1851, lors de la grande Exposition de Londres, je fus instruit de ce détail par un vieux musicien qui me portait quelque amitié. J'arrivais en
Angleterre avec de grosses préoccupations. On

m'avait engagé pour essayer les instruments de la
plus célèbre fabrique de pianos de Paris ; j'étais
jeu.., je craignais de compromettre et les intérêts
qui m'étaient confiés et ma réputation nais-
sante.

Un jour, la reine et le prince Albert visitèrent
le Palais de Cristal. Tu ne saurais t'imaginer avec
quelle force, quelle fureur, mes rivaux attaquèrent
les chefs-d'œuvre des maîtres ; Mozart, Beethoven,
Rossini, Haydn, Meyerbeer, tous y passèrent.
Certes, les exécutants avaient tous beaucoup de
talent, mais ce déluge d'harmonie fatiguait et
troublait l'esprit. Après quelques instants d'attention courtoise, les illustres visiteurs passaient.
Enfin ils s'approchèrent vers le salon où je me tenais tout anxieux, paralysé, sans savoir que
devenir.

On me fait un signe banal. C'est mon tour. Je
me glisse sur le tabouret.

Après un court prélude, je commence doucement l'air écossais. La reine, surprise, s'avance
vers moi, le prince la suit et, sans mot dire, les
époux se regardent.

Ah ! mon ami ! ce petit air, si simple, si naïf,
ce souvenir mélancolique d'un bonheur qui datait
de dix ans, avait suscité une véritable émotion

dans l'âme de mes auditeurs. Je n'oublierai jamais
avec quelle grâce la reine daigna me remercier et
avec quelle effusion le prince me serra la main.

Cette faveur me valut un énorme succès dans
la haute société anglaise; ma maison obtint une
grande médaille d'honneur, mais je ne voulus
plus jouer mon air écossais.

— Apprends-moi donc ce fameux air, s'écria
Charlot.

Tout en chantant, tout en causant de la sorte,
les deux amis cheminaient à travers la forêt quand,
vers la Croix-de-Noailles, ils aperçurent deux lanternes immobiles qui brillaient dans l'ombre, deux
lanternes énormes, appartenant à une grande et
belle voiture. En s'approchant un peu plus, ils
virent un superbe attelage de deux magnifiques
carrossiers qui, rongeant leur frein, piaffaient
d'impatience.

Le cocher était sur son siège, pestant et jurant.
Il s'écria d'une voix avinée :

— Eh! là-bas! les amis! C'est y vot' parc où
que j'suis?

— Notre parc ?...

— V'là trois heures que j'trime dedans, cré bon
sens de sort, et j'peux pas en sortir.

— Où allez-vous ?

— A Chennevières donc, conduire mon bourgeois.

Les deux amis se mettent à rire :

— Votre bourgeois ! il a dû bien s'amuser s'il y
a trois heures que vous tournez dans le bois.

— Faites pas attention ; il n'est pas pressé.
D'abord, faut me chanter encore un couplet de
votre chanson ; elle est rigolo ; j'pars pas avant.

— Mais le bourgeois ?

— Faites pas attention, répond le cocher avec
entêtement ; il n'est pas pressé.

— Allons-y, alors !

Et les artistes de reprendre leur air, tandis que
le cocher, avec une voix de basse formidable, essaie
de se mettre d'accord. Il prenait goût à la leçon et
sa voix puissante vibrait dans les taillis, quand
tout à coup il s'arrêta et tapa du manche de son
fouet sur la caisse de la voiture :

— Pas vrai, l'ancien, que vous n'êtes pas
pressé ?

Personne ne répondit.

Alfred et Charlot se tordaient de rire.

— Il faut voir de près un maître aussi com-
plaisant.

Tous deux s'avancèrent pour faire le tour de la
voiture qui, jusqu'ici, était demeurée dans l'ombre.

Horreur ! Ce fringant attelage, cet éclatant lu-
minaire, ce cocher noir, ivre et jovial apparte-
naient également à l'un de ces équipages dont
l'arrière, prolongé en forme de caisse, renferme
d'ordinaire un cercueil. Le croquemort, pris de
vin, s'était égaré dans la forêt avec son charge-
ment funèbre.

Les deux artistes, changeant subitement d'humeur, montèrent avec l'homme noir dans le ca-
briolet de devant, puis ils s'acheminèrent silen-
cieux vers la plaine. De là, le cocher, un peu dé-
grisé, put seul continuer sa route.

J'ai souvent entendu dire, dans mon enfance,
qu'on s'exposait à de fâcheuses rencontres quand
on se promenait la nuit dans les bois.

GALATHÉE

GALATHÉE

Il était deux heures de l'après-midi. Les tables du buffet de l'Exposition se dégarnissaient peu à peu ; les visiteurs réglaient la note de leur déjeuner pour remonter au plus vite faire un dernier tour dans les galeries de peinture.

Exténué, les jambes brisées, les yeux malades, je restais comme assoupi devant la galantine traditionnelle, quand des lambeaux de conversation me tirèrent de ma torpeur.

Deux peintres, vieilles barbes blanches de l'ancien temps, discouraient à bâtons rompus sur les œuvres principales du salon :

— C'est égal, dit l'un, les belles filles ne se rencontrent qu'en France.

— Je crois bien, fit l'autre, mais il faut les trouver.

— A propos; vous connaissez le petit Anatole?

— Oui, je lui ai donné parfois quelques bons conseils.

— Alors, vous pouvez me dire qui lui a posé sa Galathée. C'est très bien.

— Le tableau?

— Mais non, la nymphe.

— Azéma?

— Elle se nomme Azéma? vous l'avez vue?

— Parbleu! c'est moi qui l'ai inventée; mais c'est toute une histoire.

— Je vous en prie, contez-la-moi.

— Vous savez que depuis plus de vingt ans, je me suis résigné à peindre des Vénus, des Dianes, des Naïades, des Madeleines et autres figures qui comportent le nu. J'ai des amateurs qui apprécient fort ce genre gracieux, mais il faut varier les types, et c'est le diable pour en trouver de nouveaux. Je chasse cet oiseau rare, le soir, sur les boulevards extérieurs, entre Montmartre et le parc Monceau. Souvent, je reviens bredouille, mais quelquefois j'ai fait d'admirables captures.

Une nuit de l'été dernier, vers les deux heures du matin, je revenais de conduire mon ami Jean jusqu'à sa porte, avenue de Clichy. Songeur, je regagnais lentement mon gîte quand j'aperçus une créature, assez mal ficelée du reste, qui faisait semblant d'agrafer ses bottines sur un banc du boulevard. Le pied était petit, cambré, le bas de la jambe très fin et ce que je voyais du mollet très rond. Je m'approchai; elle leva la tête. Oh! mon ami, quelle physionomie mutine et quels yeux expressifs!

— Vous allez donc bien loin, la belle, pour vous chausser avec tant de précaution.

Elle se mit à rire franchement.

— Mon Dieu! je vais je ne sais pas où. On m'a renvoyé de mon magasin depuis quelques jours: je loge chez une amie en attendant que je trouve une autre place; mais ma camarade n'est pas rentrée ce soir, et je suis obligé d'errer à l'aventure.

Je n'ai pas une confiance aveugle et je me défie du hasard. Pourtant la petite était si gentille que j'eus pitié de sa misère. Je pensai d'abord à la mener dans quelque hôtel garni; mais, me ravisant,

17

je lui offris l'hospitalité dans mon atelier. Elle accepta. Azéma soupa avec grand appétit des restes de mon dîner, puis elle s'installa sur mon divan et je remontai dans mon appartement.

— Sans plus?

— Flatteur! à mon âge! et d'ailleurs je fis bien. Je dormis mal; cette rencontre me trottait dans la tête, et je voulais savoir à quoi m'en tenir sur le mérite réel de ma découverte. A cinq heures du matin, je redescendis à l'atelier. L'enfant, car c'était une enfant de dix-sept ans à peine, sommeillait profondément. Le soleil levant éclairait le divan. Elle était à demi couverte par les draperies trouvées çà et là. Ah! mon cher, quelle tête adorable! quelle expression charmante! quelles lignes pures! quelle fraîcheur de jeunesse! Elle reposait appuyée sur son bras droit, laissant le haut du corps à découvert. Col souple, plein et rond, attaches parfaites, fleurs d'épiderme, chairs non engorgées par la graisse, et avec cela un air de candeur virginale! Quelle trouvaille! mon ami; quelle trouvaille!

— Et alors?

— Morbleu! laissez-moi donc finir. Je contemplais à distance ce beau corps baigné de blonde lumière, cette petite bouche souriante dans le rêve, ce nez fin aux narines roses et cette chevelure noire,

ondulée, en broussailles épaisses, comme l'Héro-
diade de Regnault, quand, tout à coup, je crus
voir s'animer le visage; oui, les boucles éparses
et folles des cheveux avaient certainement un
mouvement étrange. Je m'approchai. Horreur !
Cette superbe tignasse était peuplée de milliers de
gros poux qui, sous les rayons du soleil, se déme-
naient, grouillaient et sautaient de toutes parts. Mes
soiries, mes riches draperies étaient perdues à
tout jamais !

Je réveillai la petite et, lui mettant un louis dans
la main, je l'engageai à aller chercher un gîte
ailleurs.

Vous comprenez ma fureur ?

— Oh ! oui !

— Eh bien ! vous avez tort. J'étais un sot.
Anatole, à qui je racontai ma mésaventure, se mit
à la recherche de la bergère, et il fut assez heureux
pour la découvrir dans je ne sais quel bouge. Il lui
assura un asile, des repas réguliers, une toilette
coquette; des promenades et des bains multipliés
ont fait le reste, et aujourd'hui Azéma est le plus
beau modèle de tout Paris.

— Si vous la demandiez ?

— Vous êtes fou mon cher ! Elle ne pose plus
que pour des princes !

LEÇON D'ESCRIME

LEÇON D'ESCRIME

Potage crème de pois, rissoles aux huîtres, turbot sauce Hollandaise, filets de caneton aux pointes d'asperges, salade de filets de sole, pintade, petits pois à l'anglaise, dessert : tel était à peu près le menu du dîner que m'offrit un jour mon ami Charlot.

Un accueil cordial me trouve toujours rempli d'indulgence, les vins d'ailleurs étaient exquis; puis Jeanne, une jolie brune, très appétissante, au minois futé, nous servait à table, et enfin par les fenêtres grandes ouvertes, les yeux se reposaient

sur les parterres verdoyants de l'avenue Frochot.
Donc, tout en dégustant une excellente tasse de
café, je me crus obligé de faire à Mme Charlot
l'éloge de son petit festin.

— Oui, me répondit-elle, notre cuisinière Anne,
la sœur de Jeanne, est assez adroite.

— Mais, Madame, par le temps qui court, vos
servantes sont deux perles rares.

— Ce sont de braves filles, bien propres, bien
entendues, bien dévouées. Elles sont à la maison
depuis le commencement de l'hiver, et je n'ai eu
qu'à me louer de leurs services. C'est la probité,
l'économie, la discrétion en personnes; aussi, nous
sommes tout disposés à faire des sacrifices pour
les conserver.

Comme nous étions attendus dans la soirée à
l'ambassade d'Angleterre, Charlot et moi, nous
quittâmes la table.

— Ne rentre pas trop tard, fit Mme Charlot à son
mari; tu sais combien je suis inquiète quand à
minuit tu n'es pas ici.

— Sois tranquille, ma chère enfant, je reviendrai
de bonne heure.

Mme Charlot restée seule, se mit à son piano et
travailla quelque temps. Il lui prit envie d'avoir
une tasse de thé. Elle sonna. On ne vint point.

Elle sonna encore plus fort. On ne répondit pas.

Se levant alors, elle se dirigea vers la cuisine. Le gaz y brûlait encore et, du couloir, on entendait un bruit de ferraille et des rumeurs étranges.

Vivement intriguée, elle entr'ouvrit doucement la porte, et voici ce qu'elle vit.

Anne et Jeanne, armées de fleurets faisaient assaut dans la cuisine.

Les deux créatures s'étaient débarrassées des habits qui pouvaient gêner leurs mouvements; elles n'avaient conservé qu'une camisole sans manche et un jupon court. Elles avaient retiré leurs souliers pour amortir le bruit; mais leurs bas de laine faisaient ressortir le galbe de leurs mollets nerveux, la finesse de la cheville et la cambrure du cou-de-pied.

Les pieds en dehors, formant angle droit, étaient séparés d'environ trente centimètres. Le corps effacé, d'aplomb sur la hanche, bien assis sur la jambe gauche ramassée sur elle-même comme un ressort tendu, était entièrement couvert par le coude du bras droit un peu rentré, le poignet en face du cœur et le bouton à la hauteur de l'œil.

La jambe droite pliée, libre, dégagée faisait de son petit orteil frémissant des appels convulsifs sur le carreau du sol. Le bras et la main gauches

décrivaient une courbe élégante qui se rapprochait
de la tête, droite et fière. Les cheveux, d'un brun
roux, défaits, épars, touffus, crépus, encadraient
des visages animés d'une ardeur singulière. La
bouche souriante montrait ses petites dents blanches; l'œil vif, mi-clos, étincelait de hardiesse.

Les malheureuses luttaient sans masques ni
plastrons.

Sans doute, elles connaissaient leurs forces respectives, car leur jeu fut d'abord prudent et circons-
pect. Le poignet, rond et délié, tâtait rapidement
le fer en renversant la main ou en montrant les
ongles; mais l'acier touchait l'acier et retrouvait
sans cesse la pointe au corps. Bientôt cependant
les mouvements devinrent plus prompts et les
grincements plus aigres. Anne et Jeanne avan-
çaient, rompaient, attaquaient, paraient, rispos-
taient avec une égale vivacité. Les feintes, les
coupés, les dégagés se croisaient, s'enchevêtraient
en faisant sauter des lambeaux de camisoles. Les
lames luisaient et sifflaient en coupant l'air de
droite et de gauche.

A certains moments, les corps se rapprochaient,
le coude touchait le coude, les gardes se heurtaient,
les fers frissonnaient l'un contre l'autre en ligne
droite, et les visages s'estompaient dans la buée

c·· baleines. Un bond en arrière replaçait les
adversaires face à face. Parfois le fleuret s'arquait
sur la poitrine saillante, et alors éclataient des cris
de victoire, des hurlements de rage, en tout semblables à ceux de la panthère ou de quelque autre
animal sauvage.

C'était un affreux spectacle que de voir ces
soubresauts de reins élastiques, de jambes souples,
de bras vigoureux, accompagnés de cette infernale
musique. Les coups de bouton meurtrissaient les
chairs de taches blanches d'abord, puis roses, et
enfin noires, et la sueur inondait le corps de ces
belles forcenées, qui n'avaient plus rien d'humain.

Glacée d'épouvante et d'horreur, ne comprenant
rien à cette scène fantastique et barbare, Mᵐᵉ Charlot
regagna sa chambre à coucher. Blottie près de son
foyer, à demi morte de peur, elle attendit dans de
cruelles angoisses le retour de son mari.

Charlot rentra vers minuit.

Soit lassitude, soit qu'elles eussent retrouvé leur
calme, les deux bonnes, pantelantes, avaient rega-
gné leur chambre à l'étage supérieur.

Mon ami eut toutes les peines du monde à ras-
surer sa pauvre petite femme, et, pour éviter un
scandale nocturne, il remit au lendemain les ex-
plications nécessaires.

Au point du jour, il frappait à la porte de ses servantes : il les trouva en train de boucler leurs malles. Fraîches, propres, bien attifées, elles avaient ce maintien modeste, qui les distinguait d'habitude.

Charlot allait parler, mais Jeanne s'empressa de lui dire :

— Monsieur, nous ne pouvons plus demeurer ici. Nous sommes très reconnaissantes à Madame et à Monsieur des égards qu'ils ont eus pour nous. C'est avec regret que nous nous en allons, mais c'est pour reprendre notre profession que nous avions été forcées d'interrompre momentanément à raison d'un gros procès. Nous sommes professeurs d'escrime dans un cirque ambulant, et nous luttons avec messieurs les militaires, les prévôts d'armes et les pékins. Notre ancien directeur vient de gagner son procès ; il a reformé sa troupe et nous a signé un magnifique engagement. Monsieur voudra bien présenter nos respectueux adieux à Madame, car vraiment, après tout ce qu'elle a fait pour nous, nous aurions trop de peine à lui dire que nous la quittons pour ce motif.

— Ainsi, cet affreux combat d'hier soir?...

— C'était une répétition préparatoire.

LE BRAQUE ET LE PÉLICAN

C'est une belle petite ville que la ville de Lure,
bien bâtie et bien située, enserrée par des collines
boisées qui la mettent à l'abri des vents froids de
l'hiver, arrosée par deux ruisseaux clairs qui ba-
vardent sur des lits de cailloux blancs. Son église
est de style Louis XV ; la sous-préfecture, un vrai
palais, est une ancienne abbaye construite par les
chartreux. Le tribunal civil, édifice moderne, étale
avec orgueil, au centre de la grande rue, ses
quatre colonnes doriques, et trois jolies fontaines
jettent, par la bouche de chimères en bronze,
leurs eaux pures dans de vastes bassins en granit
rose.

Lure compte trois mille habitants, ce qui, en
statistique bien entendue, représente de cinq à

six cents électeurs. La société se compose de M. le
sous-préfet d'abord, puis du personnel adminis-
tratif : receveur particulier, employés des contri-
butions directes ou indirectes, de l'enregistrement,
des forêts, des postes, etc. Il y a messieurs les
juges, sept avocats, trois avoués, cinq huissiers,
— c'est beaucoup, — deux notaires et un banquier. Trois médecins, assistés de deux pharma-
ciens, se plaisantent mutuellement avec tant
d'amertume que personne n'ose être sérieusement
malade. Il ne faut pas oublier les professeurs du
collège communal, ni M. le lieutenant de gendar-
merie, qui représente l'autorité militaire. Le soir,
tout ce monde se retrouve dans les nombreux cafés
ou cercles de la ville.

Deux fois par mois, Lure prend un aspect tout à
fait extraordinaire : c'est au jour de marché. Les
paysans descendent des montagnes et amènent
à la foire leur bétail : bœufs, vaches, veaux, moutons et cochons gras. Les femmes conduisent les
charrettes bondées de fromages, d'œufs, de légumes, ou de fruits. Bêtes et gens emplissent les
rues, crient, mugissent, grognent, bêlent, et font
ce vacarme assourdissant, doux seulement pour
les oreilles d'un agriculteur.

Les boutiques sont encombrées; les commergants, saisis d'une activité fébrile, gourmandent leurs commis, stimulent leurs femmes et exhibent à la pratique les pièces d'étoffe, la mercerie, les faïences et la quincaillerie. Chacun est à son affaire, et le flâneur qui s'aventurerait dans un magasin serait assurément fort mal reçu.

Les auberges regorgent de monde. Les servantes plument des compagnies de volailles, les vident, les troussent et les enfilent dans de longues broches qu'une vieille femme, accroupie près de l'âtre, fait tourner devant un feu clair.

Ah ! si, comme moi, vous aviez connu l'incomparable Marguerite, l'hôtelière du *Pélican* ! Quel feu ! quel entrain ! quel coup d'œil ! Veuve, vingt-six ans, boulotte, avec de grands yeux noirs, un nez mignon, des dents de jeune loup, une forêt de cheveux ondulés. Elle allait et venait, surveillant tout, répondant à tous les clients, sans jamais s'effaroucher des clameurs et des chansons, servant les vins fins et faisant les additions sans se tromper d'un sou ; toujours honnête, accorte, souriante, mais sachant se faire respecter. Je puis bien lui rendre cette justice, car, longtemps, j'ai été l'hôte assidu du *Pélican*.

Ce mouvement s'éteint les autres jours du mois. Le négociant se lève à sept heures, mange deux

œufs arrosés d'un grand verre de vin, prend sa
jatte de café au lait avec de grosses tartines de
beurre frais, puis il jette un coup d'œil sur ses
livres, bougonne après sa femme et va au café lire
les journaux. A midi, il revient dîner plantureusement; il gémit, grogne un peu, et s'en va prendre
sa demi-tasse. A trois heures, autre apparition,
mais survient le commis-voyageur. Le patron ser-
monne la patronne et sort avec le visiteur pour
prendre quelque chose en causant d'affaires. A
sept heures, c'est le souper. Il accourt avec son
voyageur, affirme à sa femme qu'il est très malheureux, et, tandis qu'on enlève la nappe, il retourne au café faire une petite partie de billard.

En vérité, c'est la pauvre femme qui mène la
maison ; mais ce travail forcé est très salutaire en
ce sens qu'il empêche de rêver plaisirs et co-
lifichets.

La plus belle promenade de la ville de Lure,
c'est, à mon gré, une avenue de tilleuls plantés
sur quatre rangs du temps de Louis XIV. Minés
et rongés par les ans, ces vieux arbres forment
une voûte toujours fraîche, impénétrable aux
rayons du soleil, qui s'allonge sur une étendue de
près de deux kilomètres.

Assis sur un banc de pierre, je songeais un jour

à la dame Marguerite, à ses yeux de velours, à sa
cuisine exquise. Un inconnu, suivi d'un chien
poussif et pansu, vint prendre place près de moi.
Cet homme, boutonné jusqu'au menton, avait les
épaules effacées, la tête droite, le corps d'aplomb
sur les hanches. Sa moustache tricolore, — un
poil noir, un poil roux, un poil blanc, — était
taillée réglementairement. L'œil, petit, gris pâle,
jetait des lueurs vives et pleines de malices. Le nez,
violet au bout, accompagnait un visage bistré ;
mais le front restait blanc, sans une ride. Je ne
m'y trompais pas, c'était un ancien militaire.

Le chien était affreux.

— Un beau braque, mon capitaine, dis-je en
caressant l'animal qui soufflait, couché sur les
pieds de son maître. C'est là le vrai chien de chasse,
fidèle, soumis, tenant bien l'arrêt. Malheureusement, l'espèce en devient rare.

— Dites qu'on n'en trouve plus. Médor est un
brave chien, mais il est vieux.

— Douze ou treize ans, à peine.

— Dix-huit ans, monsieur. Et nous venons de
Bayonne à pied. Vingt étapes, sans broncher
d'une semelle.

— En vérité, capitaine ! je me souviens que le
colonel du 61ᵉ de ligne...

— Quel 61° ?

— Mais celui de Courbevoie, lors de la forma-
tion.

— J'en étais ! Octobre 1830 ! C'est mon premier régiment.

— Alors, vous avez connu Francdidier, mon
maître d'armes ?

— Ah ! Francdidier ! quelle fine lame et quel
bon professeur !

— Vous rappelez-vous la chanson :

> Toi qui connais les hussards de la garde,
> Connais-tu pas l'trombonne du régiment !

— Le trombonne du régiment ! Parbleu ! un
homme superbe : six pieds deux pouces, doux
comme un mouton. Il était devenu notre chef do
musique.

— C'est cela même.

Vous comprenez que des épanchements intimes
suivirent de près cette reconnaissance. Je condui-
sis mon nouvel ami au *Pélican*.

— Madame Marguerite, j'ai l'honneur de vous
présenter M. le capitaine Pierre Montchâtel, trente
ans de service, seize campagnes, douze ans de
grade, cinquante ans d'âge, admis, sur sa demande,
à faire valoir ses droits à la retraite. Il arrive di-

rectement de Bayonne, on arpentant chaque jour
son étape. Il se rend à son pays natal, à quinze
lieues d'ici, et n'a plus, par conséquent, que deux
jours de marche, mais Médor à besoin d'un peu
de repos. Voulez-vous, chère madame, avoir la
bonté de faire chercher les bagages du capitaine
qui arriveront par le messager du soir?

En soupant, — fin repas soigné d'une façon
spéciale, — nous eûmes des réminiscences d'autres temps, et les anecdotes, les chansons, qui
surgissaient au milieu de nos souvenirs un peu
confus, nous faisaient rire aux larmes. Mᵐᵉ Marguerite partageait franchement notre joie, et les
consommateurs habituels du *Pélican* se montraient
ravis de cette distraction inattendue.

On apporta les malles du capitaine, et, avec
elles, un petit coffre en bois noir.

— Tiens, c'est un jaquet.

— Mais oui. Savez-vous jouer?

— Parfaitement.

— Eh bien, essayons une partie.

M. Montchâtel était de première force. J'avais
beau faire des double-cinq, occuper les cases de
l'as et du six, fermer dans le milieu du jeu, les
combinaisons de mon adversaire étaient si savan-
tes que je fus battu cinq fois de suite. Les specta-

tours suivaient nos coups avec un intérêt d'autant
plus grand qu'ils ne comprenaient rien à ce jeu
tout nouveau pour eux.

Le lendemain, Médor ne pouvait plus se tenir
sur ses jambes.

Tout en le soignant, nous continuâmes à agiter
nos cornets, mais la chance ne me fut pas plus
favorable que la veille, et il en arriva de même
pendant toute une semaine.

Un beau soir, Médor remua son fouet, fit un
petit mouvement de tête et rendit l'âme dans
les bras du capitaine.

En perdant son vieux compagnon, M. Montchâtel
fut très affligé. Je pris soin de creuser dans le
jardin une fosse profonde où nous déposâmes les
restes du pauvre braque. Les derniers adieux furent touchants.

Quelques jours après cet accident, je dus, à mon
grand regret, quitter Lure, le *Pélican* et sa charmante hôtesse. Le capitaine m'annonça qu'il allait
aussi regagner son pays natal.

Je viens de retourner dans cette satanée petite
ville. Eh bien, je vous le donne en mille, —savez-
vez-vous ce que j'ai retrouvé là-bas ?

Non ; ne cherchez pas ; c'est inutile. J'aime
mieux vous le dire tout de suite.

Montchâtel a épousé M⁽ᵉ⁾ Marguerite, la belle petite houlotte que j'aimais tant. Il n'a jamais fait les quinze lieues qui mènent chez lui.

Tous les habitants de la ville jouent au jaquet et battent le capitaine.

La sombre jalousie m'a inspiré une noire méchanceté. Devant ce couple heureux, j'ai parlé de l'âge, des douleurs, des rhumatismes qui nous maintiennent forcément dans le sentier de la vertu.

Mon ex-hôtesse, avec un sourire, a regardé son mari en dessous, et le nez violet de celui-ci a eu, Dieu me damne, un mouvement de fatuité !

LES GANTS

Feu M. le duc de Luxembourg me disait parfois :

— Quand finit avril, l'homme vraiment chic ne
porte plus que des gants de filoselle.

Le gant de filoselle, c'est l'indice de l'existence
régulière, de l'humeur paisible, de l'ambition modeste ; il dénote le respect de soi-même, la déférence pour autrui, les goûts simples et les mœurs
pures. La mère qui rêve un bon établissement
pour ses filles aura toujours un regard de complaisance pour ce détritus soyeux, tandis que le
gant d'agneau — admis, bien entendu, dans les
circonstances exceptionnelles, — lui prédira les
tristes conséquences qui dérivent de l'orgueil et
de la dissipation.

De mon temps, cette théorie était indiscutable ;

je ne sais s'il en est de même aujourd'hui. Pour
moi, à deux reprises, le bonheur et la fortune,
symbolisés par deux belles-mères, ont semblé me
sourire, et je veux rendre un témoignage éclatant
aux gants de filoselle.

Au risque de paraître entasser comme à plaisir
les opinions les plus paradoxales, j'affirme que
l'apprentissage d'une profession dite libérale est
tout aussi long que celui du métier le plus ordinaire. Nourri seulement par l'espoir, j'ai passé
les sept plus laides années de ma jeunesse à me
convaincre de l'exactitude de cette proposition
banale. Je n'ai pas trop à me plaindre, il est vrai,
puisque ces épreuves subies, j'obtins un travail
régulier et suffisamment rémunérateur qui me
permit de croire en l'avenir.

Aussi, à vingt-cinq ans, j'avais un atelier tirant
son jour du nord, et un fort joli logement situé
au midi. Mon porte-manteau était garni de vêtements en tous genres : habit noir, habit vert à
boutons dorés, lévites, crispins, redingotes, pan-
talons collants et demi-collants, bottes à fers et
sans fers, bottines en coutil gris avec bouts ver-
nis. Dans l'armoire, du linge en piles, des séries
de cravates multicolores, des gants paille..... et
des gants de filoselle.

Dans la rue Mazarine, on me citait pour mon
luxe, on me désignait comme modèle aux jeunes
dissipateurs ; les boutiquiers me souriaient, les
concierges faisaient mon éloge et chacun s'intéressait à la prospérité d'un enfant du quartier.

C'est alors que Georget, mon premier éditeur et
mon plus vieil ami, se résolut à me produire dans
le monde. Il me présenta chez Mᵐᵉ Pistola, la
veuve d'un fumiste qui s'était enrichi dans l'industrie. Cette femme, charmante et jeune encore,
avait une superbe propriété à Charonne où, chaque
dimanche, elle aimait à réunir ses connaissances.
Beau jardin, vaste verger, parc orné d'arbres sécu-
laires, habitation confortable, et, dans un coin, un
hangar aménagé avec goût, avec une petite scène
où l'on pouvait débiter des chansonnettes et jouer
de légers proverbes. Georget avait quelque talent
sur la petite flûte ; un amateur tenait le piano ;
c'était l'orchestre.

Il est fort désagréable d'avoir à faire son propre
éloge, mais cependant j'y suis contraint. J'eus
dans ce petit cercle un succès insensé. Sans en
avoir l'air, à vingt-cinq ans, je valsais comme un
faune, et dans la contredanse, je m'enserrais les
poignets derrière le dos pour éviter les exagéra-
tions de la pantomime. Je savais encore chanter le

vaudeville, et toute la société applaudissait quand,
je ne sais plus dans quelle pièce, je disais à l'ingénue :

> Quel bonheur ! c'est elle !
> Ah ! oui, c'est bien elle !
> Que ce jour est doux
> Pour nous !
>
> Quel bonheur ! c'est elle !
> Ah ! oui, c'est bien elle !
> Louise est fidèle
> A ce rendez-vous !

Thérèse, la fille unique de M⁰ᵉ Pistola, avait quatorze ans. Je lui appris à simuler avec la bouche
les bruits divers d'un feu d'artifice : les soleils qui
tournent, les fusées qui s'élancent et éclatent dans
les airs, le bouquet qui siffle, s'épand et tonne en
s'éparpillant. La gamine était folle de moi.

Un jour, avant le dîner, M⁰ᵉ Pistola me prit le
bras et m'entraîna sous ses grands arbres.

— Mon cher Jean, me dit-elle, vous êtes un
garçon rangé, travailleur, économe, il faut faire
une fin. Vous avez confiance en moi et j'espère
que vous allez me répondre franchement. Comment trouvez-vous Hermance, la fille de M⁰ᵉ Guérinet ?

— Mais, Madame, balbutiai-je fort troublé.

19

M⁰ᵉ Hermance est une personne charmante, bien élevée, douée du plus aimable caractère.

— Jolie, dix-neuf ans, et avec cela une dot de quatre-vingt mille francs. C'est la femme qui vous convient.

— Oh ! Madame, y songez-vous ? Moi, un pauvre diable sans le sou, oser prétendre...

— Laissez-moi faire, grand innocent, et tout ira bien.

Mᵐᵉ Pistola s'enfuit en riant ; mais, le soir, au moment de partir, elle me dit à l'oreille :

— C'est chose convenue ; tout est entendu avec les parents de la fille ; vous êtes admis à faire votre cour.

L'émotion que je ressentis alors me donna des palpitations qui se sont changées depuis en une maladie de cœur. C'était vrai cependant. Les parents de Mˡˡᵉ Hermance, et elle-même, m'accueillaient avec une faveur évidente. J'étais le plus heureux des mortels, mais je ne pouvais risquer tant de bonheur en manifestant un empressement brutal. Je n'eus pas assez d'audace et j'attendis.

Cœur des femmes, abîme insondable ! Quand Mᵐᵉ Pistola eut la certitude que son projet était agréé, elle songea à détruire à son profit l'œuvre qu'elle avait si bien commencée. « Puisque les

époux Guérinet l'acceptent comme gendre, pourquoi ne serait-il pas le mien ? Thérèse grandit ;
elle deviendra plus belle qu'Hermance, et sa dot
sera plus grosse. »

Combinaison étrange, à laquelle, je vous jure,
je ne pris aucune part.

Toujours est-il qu'une certaine gêne s'établit entre Hermance et moi ; bientôt j'eus la douleur de
constater que ma fiancée coquetait avec le fils
d'un avoué, Henri, un grand dadais qui jouait les
comiques sur notre petit théâtre.

Henri avait de la fortune. La dignité m'imposait
le devoir d'étouffer de folles espérances, et mon
amour s'éteignit. Le jour où Henri épousa Hermance, j'eus le courage de rimer l'épithalame que
je chantai au festin de noces !

Mᵐᵉ Pistola était radieuse.

La chère petite Thérèse devint l'objet de tout
mon culte. Je me plaisais à la voir grandir et embellir ; je lui enseignais à imiter le chant de divers
oiseaux, tels que le canard, la grive, ou la pie.
Elle arriva même à ce degré de perfection où la
voix humaine rend le son des tambours et des
trompettes, le cri des commandements et les clameurs de toute une armée qui glorifie son chef et
la patrie.

Le temps se passait. Le jour où Thérèse eut ses dix-huit ans révolus, ce fut une fête parmi les intimes de la maison. Après le repas, et tandis que les invités se promenaient dans le jardin, Mme Pistola me fit cacher derrière une tapisserie de son salon. La brave dame me ménageait une surprise ; elle désirait que j'entendisse de la bouche de sa fille l'aveu naïf qui allait décider de ma destinée.

Thérèse fut appelée, et sa mère lui exposa ses projets.

Glaciers des Alpes, entr'ouvrez-vous sous mes pas ! Monts sourcilleux, effondrez-vous sur mon être ! Foudre du ciel, anéantissez-moi !

Voici ce que répondit Thérèse de sa plus douce voix :

— Moi, ma mère ! épouser ce vieux qui porte des gants de filoselle, jamais !

Un vieux ! j'avais trente ans. Mes gants de filoselle ! l'indice de toutes mes vertus. Oh ! douleur ! Feu duc de Luxembourg, tu m'as cruellement trompé !

C'est depuis ce jour, cher Monsieur, que je ne chante plus en société, que je ne rime plus d'épithalames, que je ne mets plus de gants.

PHILO

J'ai longtemps vécu dans l'intimité des bêtes, et c'est à cette fréquentation que je dois la douceur de mon caractère, la vivacité de mes affections et la simplicité de mes mœurs.

Je ne veux pas médire du chien, du chat ou du serin ; mais la vérité m'impose le devoir de déclarer que ce n'est ni à l'un ni à l'autre de ces animaux familiers que je dois la métamorphose qui a changé mon emportement natif en une vertu sociale.

Le chien est un bon compagnon, je le reconnais volontiers ; mais il est trop soumis, trop esclave, trop flatteur. Il pardonne trop facilement à vos caprices, à vos brutalités ; et puis, que diable ! quand on le sort, il ne conserve pas toujours, dans les rues, une respectabilité correcte.

Le chat, défiant, sauvage, indépendant, est parfois gai, caressant, câlin, mais seulement à son heure, non à la vôtre. Il ressemble, du reste, au jaguar, au guépard, au léopard, ses congénères.

Le serin ! Un oiseau qui siffle bien, sans doute, mais qui ne vit qu'en cage et qui n'a pas le sentiment de la liberté ! Quoi que vous en disiez, le serin n'est qu'un volatile sans importance.

Aussi, quand j'eus un atelier, avec un jardinet, sur le boulevard de Clichy, je me gardai bien d'imiter ma voisine qui avait une collection de ces animaux, c'est-à-dire un chien écossais, un chat angora, des serins hollandais. Non, non ; plus sage et plus prudent, je me procurai un hérisson, deux tortues de sexes variés et quelques grenouilles.

Mon ami Paul Lecreux m'avait promis de m'envoyer un jeune sanglier des Ardennes, mais il se contenta de m'adresser un corbeau du même pays.

Un corbeau ! Voilà un brave et digne camarade toujours sautillant, railleur, jaseur, bon enfant. Il a le sentiment de sa dignité et, quand on le brusque, il résiste avec un entêtement courageux.

Il est bien entendu que mon corbeau n'avait rien de commun avec ces êtres noirs qui s'ébattent par centaines dans les champs et cherchent leur pâture au creux des sillons fraîchement tracés. Philo était un solitaire, aux pattes robustes, aux ongles arqués, au bec fort. Chez ses aïeux, tous monogames, la fidélité était une vertu innée.

Mon jardin était séparé de celui de ma voisine, miss Georgina, par un grillage en bois tapissé, pendant l'été, de capucines, de volubilis et de gobéas. C'était une épaisse cloison constellée de fleurs. Cependant, en écartant les feuillages, on se pouvait voir et causer.

Quand miss Georgina aperçut mon nouvel hôte, elle se récria fort.

— Ah! la vilaine bête, disait-elle. Allez-vous garder cette horreur qui porte la déveine?

Miss Georgina était une jolie personne, bien fraîche et bien rousse, qui ne m'inspirait aucune répulsion. Cependant ses observations me faisaient de la peine.

Il était si gentil, si intelligent, mon pauvre corbeau! Je passais mes soirées à lui apprendre à parler, et, bientôt, nous pûmes tenir une conversation régulière.

Le matin, en ouvrant ma porte, je criais :

— Philosophe! mon cher Philo !

Et, tout de suite, il me répondait :

— Kouâ! Kouâ!

Ou si vous aimez mieux :

— Quoi ! Quoi !

A mon approche, il rentrait le cou dans les épaules en hérissant ses plumes sur la tête; il baissait ses longues paupières blanches sur ses yeux de diamant noir, puis il balbutiait :

— Ma chère cocotte ! ma petite poule ! mon bon Zozo !

Et nous nous embrassions, c'est-à-dire qu'il me fourrait son bec dans la bouche.

— Allons faire notre toilette.

Battant des ailes, sautillant devant moi, il allait se plonger dans le bassin des grenouilles. Il barbotait, se démenait, recevait la pluie du jet d'eau sur le corps, puis, bien propre et bien paré, il cueillait une feuille de pivoine et venait me l'offrir.

Pour répondre à cette politesse je coupais son foie de veau en minces lanières.

Nous nous entendions à merveille..

Certes, il n'était point sans défaut.

M. Auguste de Châtillon me fit un jour l'honneur de lui dédier une poésie nouvelle.

Le corbeau noir disait à la colombe blanche :
« Sur des lambeaux hideux, alors que je me penche,
Vous aimez tout le jour.
Pourquoi votre blancheur ! pourquoi mon noir plumage !
Et qu'ai-je fait à Dieu pour avoir en partage
La tombe, et vous l'amour ! »

Elle lui répondit : « Pourquoi la destinée?
Pourquoi la nuit vient-elle après chaque journée?
     Ce que Dieu fit est bien.
Pourquoi m'ennuyez-vous de votre bavardage?
Au pourquoi : *parce que*. Mais se taire est plus sage
     Que de parler pour rien. »

M. de Châtillon avait ôté ses lunettes pour lire
ses vers. Philo profita de notre attention pour s'en
emparer, et il courut les cacher sous le gazon
où nous les retrouvâmes, beaucoup plus tard, sin-
gulièrement oxydées.

Ceci n'était point un vol, puisque l'objet dérobé
ne pouvait en rien servir au malfaiteur, mais c'était
une plaisanterie d'un goût pitoyable.

Mon corbeau était d'une grande indiscrétion.
Un jour brûlant du mois d'août, mes petites tortues
causaient en plein soleil de leur famille future. Il
s'approcha sournoisement, et, de quelques coups
de becs plantés entre les carapaces, il troubla
l'intimité de leur conversation. Les pauvres bêtes,
partant à fond de train, protestèrent contre la
lenteur qui leur est attribuée par les savants.

Il contraria tellement mes grenouilles, qu'on les
vit, un soir, sautiller du côté de la fontaine Dubut,
à Montmartre, où du reste elles ont fait souche.

Je ne parle pas d'un manuscrit qu'il déchiqueta
sur le bord de ma fenêtre. C'était mon chef-d'œuvre.

Au lieu de constater ma négligence, j'entrai en fureur et, d'une claque je l'envoyai dans le jardin. Aussitôt je courus chercher le cher animal qui, triste et froissé, me garda rancune pendant près d'une semaine; puis, touché de mes remords, il revint m'assurer qu'il avait oublié ma férocité. Cet exemple de générosité me toucha vivement.

A chaque scène nouvelle, ma curieuse petite voisine me donnait son avis, à travers la haie fleurie, sur ma vilaine bête.

Philo était brave. Le jour où le chien écossais de miss Georgina se permit de manger le museau de mon hérisson, Philo creva l'œil droit du caniche.

Quelle scène, grand Dieu! Le corbeau avait tous les torts.

Une autre fois, l'angora de ma voisine voulut s'emparer du foie de veau de Philo. Celui-ci justement vexé lui creva l'œil gauche.

Cet évènement décida de son sort.

Je ne veux accuser personne, mais à partir de ce moment, mon oiseau devint malade. Les secours les plus empressés, les frictions, les gargarismes avec de l'huile et du lait, tout fut inutile. Philo se sentait perdu. Alors, mélancolique, mais plein de résignation, il vint s'abattre sur mes genoux, et tristement, sans répondre à mon appel

désespéré, il raidit la patte en me jetant un regard
d'adieu, puis il pencha la tête en fermant les yeux.
Tout était fini.

J'ai quitté mon atelier, mon jardin, mes poiriers,
ma vigne, mes fleurs et ma petite voisine, si fraîche
et si rieuse. Sa bonne m'a dit :

— Ah ! monsieur, ma maîtresse avait un vif
penchant pour vous, vous auriez pu l'épouser ;
mais votre vilaine bête a tout perdu.

Je n'ai rien regretté.

Pardon ! Le sanglier des Ardennes que Paul
Lecreux m'avait promis serait sans doute aujour-
d'hui d'une belle taille, et, dame !...

RÉCLAME

RÉCLAME

Quand Alphor passait devant l'office du changeur Boudoulat, celui-ci ne pouvait résister au plaisir d'adresser une affreuse grimace au chimiste, son ancien ami. A la vue de ces traits convulsionnés, Alphor se contentait d'ouvrir la bouche et de dire :

— Tu es beaucoup plus laid que la dernière fois.

Et il passait. L'autre courait à lui en s'écriant :

— Pourquoi bats-tu le briquet quand tu marches? Tes rotules vont s'enflammer.

— Ton frère l'orang-outang se meurt au Jardin des Plantes, répliquait le savant, et tu ne vas pas seulement lui serrer la main.

— Mon frère est moins malade que toi, qui ne peux plus digérer que l'argent du pauvre monde.

Bref, tous les deux s'exaspéraient à qui mieux mieux, et les oisifs du boulevard attendaient l'heure de cette comédie burlesque. On croyait qu'un soir ça finirait mal, car c'était le soir qu'avait lieu l'échange de ces douces et amicales paroles. Des indiscrets allaient jusqu'à demander au changeur s'il y avait encore des places pour la première.

— Il m'en reste une, répondait Boudoulat, au bout de ma botte, — venez la chercher.

Une haine si publique, si caractérisée, ne pouvait manquer d'attirer l'attention d'un chroniqueur aux aguets. La politique n'était pour rien dans cette brouille épique; les deux amis s'étaient simplement pris de querelle à propos des tranchées que l'on ne cesse de creuser sur le boulevard des Italiens, le plus élégant du monde. L'un y voyait une chose d'utilité publique et des plus urgentes; l'autre n'y voyait qu'une manière d'éloigner les étrangers qui redoutent de se casser les jambes dans des trous ou de recevoir des poutres sur la tête.

Peut-être, au fond, avaient-ils raison tous les deux; mais comme ni l'un ni l'autre ne voulaient céder sur cette importante question, ils devaient fatalement en venir à se détester.

Alphor résolut d'en finir une bonne fois. Le malheureux ne dormait plus et de sinistres projets évoluaient dans son cerveau comme le tonnerre au ciel en un jour d'orage.

— Nous ne pouvons, se disait-il tout fiévreux, vivre tous les deux sur le boulevard. On me tranchera la tête? Après? C'est le matin, au point du jour. Mes amis ne se lèveront pas exprès pour assister à l'exécution. A peine quelques pelés et trois tondus. Puis, d'honnêtes gendarmes, gens sensibles, qui me pleureront. Si je finissais autrement, pas une larme ne coulerait sur ma tombe. Et si je suis gracié, je verrai la Belle Nouvelle, ce pays enchanté où l'on a le plaisir de se rendre aux frais du gouvernement.

La préméditation, d'abord latente en son âme, prit bientôt un développement tyrannique auquel il fallut obéir. Nous pensons que, assassin par hasard, il dut combattre au moins un quart d'heure son sinistre projet, mais le Dieu de la vengeance l'emporta sur toutes les considérations sociales.

Hier soir, vers les neuf heures, au moment où

20.

les habitants paisibles, — et aussi les agités, — se promènent volontiers le cigare à la bouche et le parapluie à la main, Alphor se dirige vers la boutique de sa victime. Il est calme en apparence, mais sa conscience fait tic tac. Il entre, la face contractée par le courroux ; il voit rouge :

— Si tu continues, crie-t-il, à imiter le cynocéphale quand je passerai devant ta boutique, je te brûlerai la cervelle avec mon pistolet américain.

Pâle d'effroi, le changeur se mit à grimacer, mais cette fois sans le vouloir.

— Ah ! tu recommences ! hurle Alphor au comble de la fureur.

Et aussitôt il sort de sa poche un amour de petit revolver en acier bruni qu'il dirige vers le front du mauvais plaisant. Celui-ci se dérobe sous son comptoir en criant :

— A la garde ! qu'on saisisse ce maniaque ! délivrez-moi de ce monstre !

Le commis, qui se tenait dans l'arrière-boutique, accourt et se précipite sur l'homme armé, au risque de recevoir son affaire. Un gardien du passage voisin arrive en toute hâte. Tous deux maîtrisent un bras qui brûlait de se rendre homicide. Alphor se débat vainement sous la pression de quatre mains... que dis-je? de quatre tenailles de fer.

Les badauds s'entassent devant la vitrine; on ne peut plus circuler.

— Qu'y a-t-il donc?

— J'allais vous faire la même question.

— En plein boulevard, à la lueur des becs de gaz! On assassine les changeurs à leur comptoir! Ça n'était pas arrivé depuis... depuis la dernière fois. Voilà où tout ça conduit!

— Quoi tout ça.

— Les idées subversives.

— A la porte, le jésuite!

— Le scélérat ne veut pas lâcher son pistolet.

— Qu'on y coupe le bras!

— Avait-il pincé la braise?

— Le pognon, voulez-vous dire.

— Eh non! nous appelons ça la galette.

— Ous qu'est le changeur?

— Il gît sous son comptoir, le front percé de cinq balles.

— Alors, l'assassin sera raccourci?

— Je me l'demande.

Cependant, dans la boutique, on tente de désarmer le prisonnier qui, les bras en l'air, se livre à une gymnastique aussi désespérée que compromettante pour ceux qui veulent en venir à bout. L'objectif de tous est le pistolet, et les sauveurs sont sur le point d'en arriver à leurs fins, quand, tout à coup, l'assassin, dégageant son bras droit, profite d'une seconde de liberté pour avaler l'arme homicide.

Les spectateurs jettent un cri d'étonnement et d'effroi; mais le commis et le gardien, plus braves, portent précipitamment leurs doigts dans la bouche du coupable, et ces doigts, de blancs qu'ils étaient, — ou à peu près — ressortent immédiatement tout noirs.

Une odeur enivrante de cacao pur se répand dans l'air, et la douce vanille apporte son aimable contingent à l'odorat d'un chacun. Les deux défenseurs de la société dévorent le pistolet fondu.

A ce moment, une pluie de cartes, venue on ne sait d'où, tomba sur la tête du public comme un bouquet d'artifice. Sur ces cartes on lisait : CHO-COLAT DE L'AVENIR! puis le nom et l'adresse du magasin.

C'était une réclame.

Le chimiste, qui se faisait chocolatier, avait arrangé cette scène avec le changeur, son bailleur de fonds.

POÈME DU RAFALÉ

Quand reviennent les longues nuits d'hiver, quand reparaissent — flamboyantes — les bandes de gaz qui signalent les bals masqués, — avant-coureurs des joies du carnaval, — je me souviens amèrement des déceptions cruelles de ma folle jeunesse, et le «Poème du Rafalé» me remonte au cerveau.

Deux, — trois, — trois cinquante, — trois francs dix-sept sous!... — Et Léocadie m'attend pour aller au bal!... — Chien de temps! — Il bruine, il vente, il fait froid et laid. — Le pavé est gras, glissant, hideux! — Du reste, à Paris, l'hiver, c'est toujours comme ça!... Il gèle, la lune brille, il fait sec et beau pendant six jours, et puis, le samedi, crac! la débâcle! un temps affreux!

Léocadie, belle blonde, belle blonde aux yeux noirs! j'ai eu crânement tort de m'engager pour ce soir! Pas moyen de se dédire, n'est-ce pas, douce enfant?... Votre joli costume est prêt.... votre petit cervelet bat la chamade! Et puis, vous avez jasé avec vos camarades... Chacun le sait, même votre patronne, la blanchisseuse de la rue Pigalle. — Pas mèche! Trois francs dix-sept sous! Cré nom!.. quel temps de chien!

Allons, voyons, de l'énergie, que diable! Prenons une attitude!... Allons chez les époux Tripet! Je suis leur peintre ordinaire. Au mois de juillet, M. Tripet m'a fait faire le portrait de Madame, — pour sa fête, — car M⁰ᵉ Tripet, de son petit nom, s'appelle Aubierge. Le mois dernier, en vue des étrennes, M⁰ᵉ Tripet m'a commandé le portrait de son mari qui se nomme Sosthène, M. Sosthène Tripet! — vu de face, avec les mains, toile de 60, fausse mesure... 50 francs!... Et d'une exigence pour la ressemblance... Oh! les arts! les beaux-arts!... Cabanel, qu'en dis-tu?... Au fond, bonne maison! On reçoit son argent le jour de la paye des ouvriers, le samedi de chaque semaine. C'est aujourd'hui, — il est huit heures, — j'arriverai à temps; allons-y gaiement. La pluie redouble.. quel chien de temps!...

Psitt! psitt! cocher? — Cocher? eh! cocher?—
Ah! ouiche! Tous pris, parbleu, par un temps
semblable! Cocher? automédon? automédon?...
Ah! ce vocable l'a touché!... Sauvé; merci, mon
Dieu!... A l'heure, rue de la Santé, aux Bati-
gnolles!... Enfin!

Léocadie, belle enfant, vous ne vous doutez pas
des sacrifices que j'impose à la noblesse naturelle
de mon caractère!... Je vais abaisser ma dignité et
flatter lâchement les époux Tripet pour avoir leurs
cinquante francs, mon dû légitime!... Pourvu
qu'ils soient chez eux? Pourvu qu'ils n'aient point
montré le portrait à quelque abruti qui l'aurait
débiné? — Oh! non... pas de retouches... je me
fâche! — Au fait, il est très beau, ce portrait! —
Bonne peinture... blaireautée... c'est un beurre!
— Oui, mais j'ai mis une main dans la poche du
gilet! J'ai peut-être eu tort! — Ah! ma foi, non,
là!...

Tiens! qu'est-ce que cela?—Un porte-monnaie...
oublié sur les coussins de la voiture! — Voyons!..
plein d'or?. — Ah!

Cocher? cocher? arrêtez, je vous prie!... arrêtez
donc, cocher? — Ça ne fait rien... j'ai changé
d'avis; je vais là au coin de la rue Breda! — Oui...
bien! — Tenez, voici trois francs pour votre

course... bonsoir ! — C'est drôle, ce cocher, quelle insistance ! Prenons le passage Laferrière... ça le dépistera.

Quel temps ! — Malgré le froid, j'ai les tempes baignées de sueur, et mes genoux fléchissent... Vraiment je suis mal à l'aise... Un café dans cet angle... entrons.

Garçon, une bavaroise !... oui, une bavaroise au chocolat ! — Ah ! mignonne, que nous allons rire !... Je veux vous ensevelir sous les splendeurs et sous les fleurs ! Une heure au bal... puis un fin souper, mets choisis, vins rares... Que désirez-vous ensuite ? — Un bracelet ?... hein ! un bracelet ou une broche ?

Qu'ont-ils donc à me toiser, ainsi, tous ces consommateurs ? Ils semblent ricaner... Pourquoi ? — Eh ! mon émotion !... Bon ! je tiens ce journal à l'envers !... Est-ce bête ! — Et puis cette bavaroise ! — Est-ce qu'on prend des bavaroises... au chocolat ? — Cela vous fait remarquer, et moi, d'ailleurs, je ne puis pas les souffrir !...

C'est peut-être un pauvre diable qui a perdu cet or ? — Si c'est là toute sa fortune ? — Si cet argent appartient à un autre ? Il a dû conserver le numéro de la voiture... et alors le cocher se souviendra !... Et puis, ce café, ces hommes, ce garçon, cette bavaroise?... Ah! hah! — Est-ce que les pauvres ont des porte-monnaie pleins d'or? — Est-ce que les pauvres vont en coupé? — C'est égal... je suis mal à l'aise.

— Garçon, que dois-je? — Un franc dix. — C'est bien !

Comment! — Quoi ! — Horreur! Ce porte-monnaie est rempli de centimes tout neufs! — Brrr ! j'ai froid ! — Il y en a soixante-cinq ! — Il y en a soixante-cinq! — Ah! dérision !...

Maudite bavaroise!... Infect échaudé ! — Le produit de mon vol et les cinquante centimes qui me restent font justement vingt-trois sous !...

Garçon?... voilà! — Je crois que cet être se moque de moi !...

Eh bien, mon pauvre ami, vous voilà propre!... Rêvez donc encore et bals et festins!... Votre chapeau neuf est déformé... votre habit noir est perdu ! Les époux Tripet sont couchés ! Vous avez été ridicule devant un cocher, devant un garçon de café, et votre probité a succombé à la tentation !

(*Une voix dans une voiture*), — Ohé! Rapinus, ohé!... Va donc, eh ! panné!... Rafalé !...

Ciel !... Léocadie!... avec un monsieur!

Le châtiment !!!

Quel chien de temps !

VÉGÉTARIENS

VÉGÉTARIENS

Mon ami Chapounin fut longtemps malheureux.
Ce déshérité du sort possédait au moins 60,000 fr.
de rente, récoltés perle à perle aux grappillons du
groseillier blanc, car c'est Chapounin qui exporte
au delà des mers ces petits pots désignés sous le
nom de « Confitures de Bar-le-Duc ».

Il avait, près de Versailles, une résidence charmante où, tous les dimanches, il recevait ses
clients et ses amis. J'étais un assidu. Sa fille

Hélène, fraîche et jolie, faisait les honneurs de la maison, mais, parmi les nombreux visiteurs, elle n'en avait jusqu'alors remarqué aucun.

C'est là ce qui désolait le pauvre père. Un jour il me confia ses chagrins :

— Depuis huit jours, dit-il, je donne l'hospitalité au fils de mon associé, dans l'espérance de voir Hélène se prononcer en sa faveur ; le jeune homme est gentil garçon, aimable, empressé, mais c'est à se fendre le crâne contre n'importe quoi, ça ne mord pas.

— Hélène rêve donc un époux idéal ?

— Apparemment.

— Si je me présentais ?

— Vous ! Elle n'entendrait pas de cette oreille-là.

— Ça m'est égal, si elle m'entend de l'autre.

— Le plus souvent !

— Merci de votre franchise.

— Je ne demanderais pas mieux, mon cher ami. Vous avez trente-six ans, et Hélène coiffera sainte Catherine à la mi-août. Une différence de onze ans, c'est une misère, quand c'est le mari qu'elle atteint, mais ma fille est libre de son choix.

A Chaville, j'interrogeai Harry, le fils de l'associé de New-York :

— Je n'ai fait le voyage, me dit-il, que pour ne pas déplaire à maman, qui tient à me marier à la fille de cet excellent Chapounin, mais je m'en soucie comme de Colin-Tampon, maintenant surtout.

— Que voulez-vous dire ?

— J'ai découvert le secret d'Hélène.

— Comment cela ?

— Hier matin, de ma fenêtre, je la vois se diriger vers l'allée de lilas ; elle avait une lettre à la main. La curiosité me prend, je descends quatre à quatre, je m'approche à pas de loup. Dans ma position, l'indiscrétion est permise ; je ne voudrais pas avant le mariage... ni même après...

— Oh ! ces suppositions !...

— Vous allez en juger. Hélène, agitée, fiévreuse, lit et relit cette lettre, la porte à ses lèvres en s'écriant : « Oui, je dois l'élever, le soigner, le nourrir, ne jamais m'en séparer ; c'est un devoir sacré. Je suis sa mère ! je suis sa mère ! » Cette confidence inattendue me terrifia. L'année dernière, tandis que son père voyageait pour le placement de ses groseilles, Hélène avait habité notre maison de New-York pendant quelques mois. C'est peut-être là que son cœur a parlé pour la première fois. Pourquoi donc n'épouse-t-elle pas l'objet de ses préférences ? Il est donc indigne d'elle ? Je ne me soucie pas de réparer le dommage d'autrui.

Au dîner, Harry mangea comme un ogre, sans dire mot.

Après le café, tandis que les hommes fumaient au salon, Hélène, pleine de grâce et d'abandon, me prit le bras et m'entraîna dans la fameuse allée de lilas. Elle me choisissait comme confident :

— Vous êtes mon ami, n'est-ce pas ? me dit-elle.

— Très dévoué, mademoiselle.

— Eh bien ! tâchez donc d'accélérer le départ de M. Harry Pontrewek.

— De votre prétendu ?

— Un prétendu qui ne montera jamais en grade. Je suis, de sa part, l'objet d'une curiosité gênante et blessante ; or, je veux que mon mari m'accorde toute la confiance que je mérite.

— Le service que vous me demandez me coûte bien peu : Harry me parlait tantôt de son prochain retour vers ses parents.

Hélène sauta de joie, puis, changeant subitement d'idée :

— Avez-vous remarqué comme il mange, ce jeune ami de mon enfance ?

— Il a un bel appétit.

— Oh ! il dévore la viande et la volaille !

— Et vous n'aimeriez pas un mari qui dévorât...

La belle fille, tremblante, posa sa main mignonne sur la manche de ma jaquette, et murmura doucement à mon oreille :

— Mon père l'ignore encore, mais à vous, mon ami, je veux l'avouer : je suis végétarienne !

— Vous, mademoiselle?

— Moi !

— O bonheur !

— Comment?

— Je le suis aussi.

— Est-ce possible ! C'est donc cela qu'à table, le macaroni... les œufs brouillés...

Instinctivement, elle se rapprochait de moi davantage. J'étais ému, fort troublé, très heureux, et cependant ce petit bébé, en secret nourri par sa mère, hantait encore mon cerveau.

— A quoi pensez-vous ? fit Hélène.

— A vous ! lui répondis-je en lui jetant mon cœur avec ces deux mots.

La jeune fille sourit, et tira de son corsage cette lettre qui m'intriguait tant.

— Lisez, mon ami, lisez.

Je lus :

« New-York, 3 avril 1880.

« Chère enfant,

« J'ai reçu dernièrement de vos nouvelles par mistress Navet à son retour dans notre ville d'un voyage à Paris. Il paraît que vous observez toujours les pratiques de notre bienheureuse secte, ce dont je vous félicite de tout mon cœur. Non seulement vous vous soumettez pour vous-même à nos statuts, mais vous voulez aussi que votre mari futur s'y convertisse. C'est sublime. Votre noble conduite, louée par moi, en pleine tribune, a excité des trépignements d'admiration. Ces dames ont cassé les banquettes en sautant dessus, et messieurs nos associés ont démoli le lustre en jetant dix fois en l'air leurs chapeaux à votre intention. Presque en même temps que la présente vous recevrez du Havre, de la part du capitaine du *Washington*, qui veut bien s'en charger, un petit lapin blanc vivant d'honneur voté en pleine assemblée et à l'unanimité comme souvenir de vos serments de fidélité à nos doctrines. Nourrissez-le avec la sollicitude et l'amour d'une mère.

« Votre bien affectionnée et toute dévouée présidente,

« Signé : Lucy TUBERCHULL. »

Huit jours après la lecture de cette lettre, nos bans étaient publiés.

Aux lilas prochains, Chapounin, mon beau-père, bercera dans ses bras notre second enfant.

L'AVENTURE DE BLANCHE

Des règlements d'intérêts appelaient, la semaine dernière, mon ami Raoul, jeune clerc de notaire, dans une ville de province du troisième ordre.

Là, plus qu'ailleurs, les habitants se distinguent par une résistance obstinée contre toute fusion sociale. Le noble relève dédaigneusement la lèvre supérieure à la rencontre d'un commerçant qu'il qualifie «homme de négoce». Le négociant, tout en se gaussant de ces grands airs, pousse l'inconvenance jusqu'à empocher les pièces de cent sous de la noblesse. La «racaille», ainsi nommée par les deux premières classes, continue son petit bonhomme de chemin, riant des ridicules de ceux-ci, de l'avarice de ceux-là, et se souciant fort peu d'un rapprochement.

— J'étais descendu dans un hôtel, me dit Raoul, où je dînai à la table commune. Pendant le repas, j'entendis bourdonner plus de dix fois à mes oreilles le nom de Blanche. Je me levai pour aller au cercle de la Noblesse où M. le major de Trucmartin m'attendait pour parler d'affaires.

L'immeuble appartient aux membres du Cercle et la façade longe un boulevard assez propre quand il ne pleut pas. Trois portes contribuent à lui donner un certain aspect monumental ; mais le garçon qui m'accompagnait me fit entrer dans une cour boueuse, remplie d'épluchures de légumes et de détritus de volailles.

— Pourquoi n'entrons-nous point par le boulevard ? lui dis-je.

— Oh ! Monsieur, répondit-il, c'est la façade ! personne n'y est jamais entré !

Sans comprendre le motif de cette abstention, je le suis et je me trouve enfin dans la place

Le major me fit asseoir près de lui, puis il continua sa conversation, un moment interrompue par mon arrivée. Blanche était sur le tapis.

— Ce n'est point une artiste ; elle ne sait ni entrer, ni sortir, ni marcher, ni s'asseoir, mais l'éclat de son teint est irrésistible et elle est jolie à ravir.

22

— Papa, tu exagères ! fit un petit jeune homme irréprochablement couvert, à l'exception d'une cravate rose dissimulant mal un cou bon à cacher.

— Monsieur mon fils, vous êtes un sot en trois lettres.

L'enfant se tut, le père reprit :

— Hier soir, après l'événement, j'ai eu le toupet de raconter la scène dans tous ses détails au bésigue de Monseigneur. Après m'avoir favorisé de toute son attention, sa gaieté s'épancha avec le plus charmant abandon, et les trois mentons de notre vénérable prélat dansèrent de joie sur son vêtement sévère.

— Quelle figure faisait sa nièce ?

— Elle se mordit les lèvres qui se colorèrent de ce vif incarnat, comparé par nos poètes au corail des Indes.

Je pus enfin terminer l'affaire qui m'amenait près du major de Trucmartin. Mon patron m'avait bien recommandé de prendre le train de dix heures, afin d'être à mon poste le lendemain matin.

En rentrant à l'hôtel, j'entendis un garçon d'écurie proférer ces paroles :

— Blanche quitte la ville ce soir ; elle ne veut plus jouer ici.

J'allai m'informer de Blanche près de la demoiselle du comptoir. Elle rougit un peu et me répondit avec embarras :

— Mon sexe m'interdit de vous satisfaire. D'ailleurs, j'appartiens au parti qui renie la chose.

Je m'approche de mon voisin du dîner avec qui j'avais échangé quelques paroles. Il soupait d'une colline de poissons frits, et cette montagne me faisait rêver.

— Monsieur, lui demandai-je résolument, qu'est-il donc arrivé à Blanche?

— Vous la connaissez ?

— Je ne l'ai jamais vue.

— Vous dites Blanche tout court !

— Vous avez raison, monsieur. Qu'est-il donc arrivé à Mlle Blanche ?

— Un grand événement, à ce que prétend la noblesse ; mais nous autres et la racaille, aussi clairvoyants qu'elle, nous n'avons...

A ce moment, une grosse campagnarde, tenant une lanterne à la main, fait invasion dans la salle :

— M'sieu l'docteur, cria cette fille à l'ichthyophage, v'la qu'ça prend à mame Gromougin ; v'nez vite !

— Pardon, monsieur; un devoir professionnel...

Après tout, que m'importait l'aventure de
Mlle Blanche ? Je gagne le chemin de fer et je
m'installe dans mon compartiment.

Deux jeunes femmes causaient sur le quai ;
au dernier coup de cloche, elles s'embrassè-
rent :

— Adieu, ma bonne Juliette, dit l'une.

— Au revoir, ma chère Blanche, fit l'autre ; si
les montagnes ne se rencontrent jamais, les co-
médiennes du moins en sont susceptibles.

Mlle Blanche monta dans mon wagon. J'allais
donc voyager avec l'héroïne en question. J'engage
adroitement la conversation :

— Je suis étonné, madame, que vous voyagiez
seule la nuit...

— Oh ! Monsieur j'y suis tellement habituée
que je n'y pense plus, me répond-elle avec un
petit air crâne qui ne manquait pas d'un certain
je ne sais quoi.

Aussitôt, elle se coiffe d'un mi-melon, se fait un
oreiller de son châle, ferme les yeux et s'endort...
bercée par un ronflement à faire envie à un gendarme après une tournée de correspondance à
cheval.

A Paris, elle rajusta coquettement sa chevelure,
me salua, sauta légèrement sur le quai et grimpa

dans l'unique fiacre qui se trouvait alors sur la place.

Deux jours après je pensais encore à Blanche, quand le major de Trucmartin entra dans l'étude. Le patron était occupé avec une jeune veuve qui désirait faire un placement sûr et avantageux. Le major dut attendre.

Notre conversation devint bientôt assez intime et je hasardai cette question :

— Quelle est donc l'aventure de cette demoiselle Blanche dont vous parliez l'autre jour ?

— Comment ! vous ne la connaissez pas ?

— Pas du tout.

— Figurez-vous, mon cher, qu'au quatrième acte de la *Dame aux camélias*, au moment où son butor d'amoureux l'oblige à remonter et à descendre la scène... Vous connaissez la situation ?

— Parfaitement.

— Eh bien ! la pauvre fille...

La jeune veuve sortait. Le patron, qui le reconduisait, fit ensuite entrer le major dans son cabinet. Je ne savais rien, mais j'attendis.

Quand M. de Trucmartin reparut, je le saisis au passage :

— Eh bien, monsieur le major, ma pauvre fille ?...

22.

— Fit un faux pas, piqua une tête du côté de la toile du fond, en offrant au public, juste en face du trou du souffleur...

— Ah mon Dieu ! se blessa-t-elle ?

— Heureusement non, mais elle...

Le petit clerc ouvrit la porte de l'étude.

Le major, qui crut m'avoir renseigné, s'enfuit en criant :

— En plein, mon ami, en plein !

LE GRIMACIER

C'est à la foire de Beaucaire que j'eus le plaisir de faire connaissance d'Ercolo Battania. Il habitait une cabane en planches, assez semblable à celles que nous voyons sur nos boulevards aux approches du jour de l'an. Sur le premier plan s'étalaient des caisses de figues, de dates et de raisins secs ; sur les côtés, des saucissons de formes étranges et des confitures dans des pots d'argile rouge ; puis, çà et là, de longs tuyaux de pipes en merisier, ornés de bouts d'ambre jaune et de brindilles dorées ; des ceintures de Circassie avec leurs agraffes en argent ciselé, et enfin quelques tapis d'Orient aux brillantes couleurs.

Au fond de ce petit magasin, un jeune homme,

déguisé en vieux Turc, était nonchalamment assis, les jambes croisées sur un baril. Impassible, il fumait sans cesse un grand chibouck, et les bouffées formaient des O qui se suivaient régulièrement en s'élargissant jusqu'au moment où ils se confondaient dans l'atmosphère. C'était le seul signe de vie que donnât ce personnage qui, par sa physionomie, son costume et son attitude, rappelait ces Osmanlis chantés par les poètes de la Restauration.

Je fus tout à fait séduit.

— Seigneur palikare, lui dis-je très poliment. comment vont les petites affaires ?

Le Turc lança dans les airs un O beaucoup plus grand que les autres et répondit :

— Peuh ! ça boulotte !

— Tiens ! vous n'êtes donc pas de Smyrne ou de Trébizonde ?

— Je suis de Palerme et peintre de mon état.

— Elle est bien bonne !

— Si l'on veut, car pour le moment, le triste sort m'a réduit à n'être que le simple commis d'un épicier levantin.

Pour causer plus à l'aise, j'entrai sous son échoppe et, tout en humant quelques tasses, Ercolo Battania me raconta son histoire.

Plus tard, je le revis fréquemment à Paris.

Quel homme que mon ami Battania !

Quand l'occasion se présente, il peint de très jolis portraits, mais il est aussi professeur d'escrime, de natation ou d'équitation. Comme musicien, il joint, à une voix suffisante, la manière de phraser suivant la méthode italienne. Tout cela se complète par un visage aux traits fins, purs, corrects, d'une rare distinction. A toutes ces qualités, il ajoute celle d'être le premier mime de notre temps.

La pantomime, vous le savez, est l'apanage du génie italien. Sous Auguste, florissait Bathylle, le favori de Mécène, Caligula adorait le pître Lépidus Mnester, et Néron lui-même excellait dans cet art. Malheureusement, à cette époque, le masque empêchait d'étudier les jeux intéressants du visage humain. Mon ami Battania ajoute aux traditions antiques toute la perfection de la mimique moderne.

Combien je regrette, monsieur, que vous n'ayez pas vu ce grand artiste quand, après nos modestes dîners au *Lapin consolateur*, il nous émerveillait en nous retraçant, par de simples mouvements de physionomie, les phases successives du plus violent orage !

D'abord le visage est rayonnant, le front serein, l'œil doux; la bouche souriante laisse voir l'émail humide des dents. C'est le soleil! c'est le beau temps!

Insensiblement les traits prennent de la gravité; le sourire s'efface, la bouche se ferme, la tête des sourcils se rapproche des yeux, une ride légère frissonne sur le front. — Le ciel se couvre.

Crac! — Le mouvement rapide de la paupière qui se baisse et se relève indique l'éclat d'un éclair! Les buccinateurs se contractent, les muscles des lèvres s'agitent, le nerf nasal se dilate, la narine se gonfle! — Le mauvais temps approche.

Patatras! — Les sensations lumineuses irritent les yeux, qui se ferment avec une précipitation involontaire! Des mouvements spasmodiques parcourent la face! Les dents s'entrechoquent! Les mâchoires s'écartent violemment! — Boum, boum! Paf! — Voilà la foudre!

Puis, petit à petit, l'orage s'éloigne. Les éclairs s'éteignent. Les nuées passent. Le soleil reparaît. — Et le visage redevient rayonnant, le front serein, l'œil doux, la bouche... *et cætera!*

En vérité, monsieur, c'était superbe!

Or, hier, j'étais dans l'omnibus qui va de Clichy à l'Odéon. L'été de la Saint-Martin nous a amené une chaleur accablante, et j'avais ôté mon chapeau, que je tenais modestement sur mes genoux. Je n'avais point remarqué, je vous jure, que la voiture était pleine de dames de divers âges.

Je m'assoupissais en songeant, — sais-je pourquoi? -- à Battania, à sa mimique, et j'essayais, pour ma satisfaction personnelle, d'imiter le jeu spirituel de sa physionomie.

Je commençai donc par prendre mon plus beau sourire. Puis je devins sombre. Je cillai les yeux. Je fronçai le nez. Bref, j'en étais arrivé à la foudre, c'est-à-dire au moment où la bouche doit s'ouvrir démesurément, lorsque je fus réveillé par des cris atroces. Mes voisines me regardaient, paraît-il, avec une curiosité que j'étais loin de soupçonner, et elles avaient pris peur en voyant mes grimaces. Elles se précipitaient les unes sur les autres en poussant les clameurs les plus extravagantes.

Le conducteur, croyant qu'un crime venait d'être commis dans sa voiture, tira le cordon; l'omnibus s'arrêta.

Revenu au sentiment réel des choses, je profitai de l'épouvante générale pour disparaître au plus vite, tout en maugréant sur le peu de respect que les Parisiennes professent pour les études artistiques.

NÈGRES BLONDS

NÈGRES BLONDS

Le fils à Gabri, perché sur la crète d'un mur, se prit à crier tout à coup.

— Les zoulans ! v'là les zoulans qu'arrivent sur le pont de Champagne !

Un frisson mortel parcourut les reins des trois cent sept habitants du hameau, qui se tenaient anxieux devant leurs maisons, les yeux fixés vers la berge.

Philias, l'instituteur, projeta un long regard par-dessus ses lunettes et dit :

— Oui, voilà les uhlans !

De la main gauche, M. Marcien se fit une sorte de visière, puis, gravement, il confirma :

— En effet ; ce sont les uhlans !

Cette prononciation différente révélait la date exacte de la naissance de M. Marcien — 1809 ; mais le suffrage universel favorisa le fils à Gabri, car les paysans reprirent en chœur :

— Les zoulans ! v'là les zoulans qu'arrivent !

Tous aussitôt rentrèrent chez eux en fermant les volets et en cadenassant les portes.

— Que faites-vous donc, Lydie ? demanda Georges.

Georges était un beau jeune homme, chimiste de profession, qui, grièvement blessé au bras dans une expérience, était venu passer sa convalescence chez M. Marcien, vieil ami de son père.

Lydie, restée pensive sur le perron, se retourna vers son fiancé et lui répondit d'un air moqueur :

— Je veux voir !

— Fi ! Est-il possible d'avoir des idées pareilles ?

Et les deux amoureux disparurent sous le vestibule en se chamaillant.

Ces prétendus uhlans étaient des dragons bleus bavarois. Au nombre de huit, ils escortaient un gros personnage enfoui jusqu'au nez dans un long manteau. Dédaigneux, sûrs d'eux-mêmes, la pipe aux dents, l'arme au poing, ils galopaient en affectant des petits mouvements de hanche à droite et à gauche qui vous irritaient les nerfs. Deux restèrent à l'entrée du pont, deux se postèrent devant la mairie, où descendit l'officier supérieur, et les autres partirent à fond de train jusqu'à l'extrémité de la grande rue.

Quelques minutes après, une colonne d'infanterie s'avança par la même route et vint se former en bataille tout le long du quai.

Un bas-officier, suivi de quelques fantassins, passait devant les maisons et, après un rapide examen, il traçait à la craie blanche quelques signes sur chaque porte.

Voici ce qu'il écrivit sur la demeure de M. Marcien :

$$\text{K } \frac{61}{14} \text{ L}^\text{l} \; — \; \text{M}^\text{r} \; — \; \text{R}^\text{ts} \text{ arzt}$$

Je crois bien qu'il y avait encore un grand w, mais je ne sais où le placer.

Cela signifiait que M. Marcien devait loger et

23.

nourrir quatorze soldats du 61°, plus un major, un lieutenant et le médecin du régiment.

Ces messieurs ne se firent pas longtemps attendre. Les soldats s'emparèrent de la maison du jardinier et les officiers entrèrent dans l'habitation.

Ils étaient tous les trois très gras, mais le lieutenant plus que les autres, car il avait une fluxion qui lui faisait une joue énorme. Comme de juste, le docteur portait des lunettes d'or et le major était chauve; chauve mais très aimable, car après avoir présenté ses inférieurs à la famille Marcien, il a dit à Mlle Lydie :

— Je ne connais pas toutes les délicatesses de votre belle langue française, mademoiselle, mais je dessine assez bien, et j'ose espérer que vous me permettrez d'user de ce moyen pour me faire comprendre.

Et sur une feuille de son carnet, il fit un grand G et un petit a.

— Je ne devine pas, monsieur, dit la jeune fille.

— Comment, mademoiselle ? mais, c'est pourtant bien simple; G grand, a petit, cela signifie : J'ai grand appétit.

C'est à Bade que le major avait appris cette

plaisanterie d'un goût si fin, et chaque jour, depuis qu'il était en France, il en abusait pour demander ses quatre repas. Aussi, comme vous le pensez, la fluxion et les lunettes d'or, qui attendaient l'effet du calembour, en rirent aux éclats pendant plus de dix minutes.

— Dieu! qu'ils sont gentils! fit Lydie.

— Charmants! répondit Georges d'un air sombre; je vais leur chercher à boire.

« Du reste, dans notre pays, les Prussiens se sont très bien conduits et on n'a pas eu le plus petit reproche à leur adresser. »

Pour ma part, on m'a répété cent fois cette phrase horrible qui me faisait rougir jusqu'aux oreilles.

Donc, après le dîner, on causait. On causait doucement sans emportement, sans colère, en philosophant sur la mission pénible confiée à l'armée allemande, sur la ruine, la dévastation, la désolation du pays. On parlait aussi de ces francs-tireurs qui avaient abandonné leurs toits brûlés, leurs familles en détresse, pour aller combattre au nom d'une idée, l'idée de patrie.

— Vaterland! répétaient gravement les trois officiers.

— Ils n'ont pas l'air méchant, disait Lydie.

— Ce sont des moutons, murmurait Georges ;
je vais leur chercher à boire.

Le 61° resta trois semaines dans le petit village.
On put, pendant ce temps, constater un phénomène bien singulier. Les trois officiers perdirent
peu à peu leur teint de lis et de roses ; l'épiderme
de leur visage prit un ton foncé, qui tourna au
brun, puis au noir bleu. Cette couleur paraissait
d'autant plus étrange que, tous les trois, ils bu-
vaient et mangeaient plantureusement, et que leurs
chevelures étaient d'un blond ardent. Des nègres
blonds, c'est rare.

Lydie n'en pouvait croire ses beaux yeux.

Ils partirent enfin. et ce jour-là, Georges,
rêveur, les suivit longtemps des yeux, Sa fiancée
s'approcha :

— A quoi pensez-vous donc ? demanda-t-elle
doucement.

— Tout mon travail est à refaire.

— Quel travail ?

— Avez-vous remarqué comme le crâne du
major était devenu d'un beau noir ?

— D'un noir affreux.

— Je pourrais tirer quelque vanité de cette
magnifique teinte, mais je ne me fais pas d'illusion
et j'avoue que je me suis trompé. Je croyais avoir

découvert une eau inoffensive pour l'estomac, qui
devait colorer en noir les cheveux blonds. J'ai
tenté l'expérience sur nos ennemis, et je les ai
abreuvés tant que j'ai pu de ma tisane que je
mêlais à leur vin, à leur bière, à leur cognac,
Hélas ! je le constate à regret, mon invention n'a
d'effet que sur la peau.

— Oh ! c'est horrible, ce que vous avez fait là !
Et ces pauvres gens, resteront-ils longtemps en
cet état ?

— Toujours !

L'URNE CINÉRAIRE

Ceci se passait il y a trois ans.

Le soleil projetait ses rayons printaniers dans la chambre à coucher d'un vieillard affaibli par la maladie. Alfred, le neveu, se tenait pensif, au chevet du bonhomme.

— Antoine, ordonna le maître, habillez-moi.

Le domestique passa une robe de chambre sur le torse amaigri du mourant, dont les jambes, en se croisant, rendaient comme un cliquetis de bâtons qui s'entrechoquent, puis il le plaça dans un fauteuil.

— Vous nous servirez ici, dit l'oncle, et recommandez en bas le champagne frappé et la langouste. Mais, auparavant, mettez sur la table l'objet qu'on m'a envoyé hier ; j'en expliquerai l'emploi à mon neveu en déjeunant.

Antoine ouvrit un coffre-fort dissimulé sous l'apparence d'un meuble de Boule, et dans lequel on voyait des écrins et des serviettes en chagrin probablement remplies de valeurs de « tout repos. » Il mit sur la table un colis assez volumineux enveloppé de papier de soie, puis il sortit.

— Retire ces chiffons, dit l'oncle, tu verras ce qu'il y a dessous.

Alfred s'empressa d'obéir, et une espèce de boîte au lait, comme celles que nous voyons chaque matin à la porte des crémeries, s'offrit à sa vue.

— Qu'est-ce que cela? fit-il, assez surpris.

— Ceci, ne t'en déplaise, mon cher neveu, est en or massif. Je n'ai pas voulu d'ornements inutiles; tout est valeur, et cela pèse quarante mille francs de pièces monnayées. Ce sont mes économies de garçon, le résultat d'une sagesse un peu tardive peut-être...

— Mais enfin?...

— C'est l'urne dans laquelle tu recueilleras les cendres de ton pauvre oncle.

— Ah ! votre conversation manque d'entrain.

— Je vais en avoir, car je me sens gai comme un pinson. Faut-il te le dire ? Je suis partisan de la crémation. Le mot seul me séduit et me rappelle les crémaillères auxquelles j'ai pendu bien souvent mon cœur chez nos vierges folles. Ah! sans elles, je t'aurais laissé cent mille livres de rentes ; mais tu n'en auras que moitié. Tu ne manges plus?

— Dame! vous m'étonnez tellement...

— Et pourquoi? si tu ne manges et ne bois, je te mets à la porte et je me recouche ensuite. Antoine, versez-nous du champagne.

Un coup d'œil jeté sur le coffre-fort rendit au jeune homme toute son énergie.

— Cher neveu, reprit l'oncle, brûler ce qui a contenu notre âme, notre pensée, nos croyances politiques, est digne du titre d'homme. Contemple ce pot en or massif, pas attrayant de forme, mais très commode pour l'usage que je lui destine. Ces quatre pitons, en or aussi, serviront à sceller définitivement les précieux restes de l'incinéré. Si par hasard tu retrouvais quelques petits morceaux de mon crâne, joins-les religieusement au reste en te disant: « Ceci vient de la mansarde intellectuelle de mon pauvre oncle ». Reçois mes dernières instructions. Je veux un service convenable, avec quelques artistes de l'Opéra. Puis, départ immédiat pour Gênes, où j'ai une propriété près de la villa Pallaviccini. Mes ordres sont donnés. Au bout du parc, qui bientôt sera le tien, tu aperce-

vras un petit édifice genre néo-grec, charmant à
l'œil. C'est là. Tu verras avec quels soins j'ai fait
tout préparer. Mais, mon ami, en quelque lieu que
tu portes tes pas, j'exige que tu emmènes avec toi
cette pièce d'orfévrerie ; je veux être de tous tes
voyages, et que tu ne me délaisses jamais. Meurs
demain à ma place, et je te jure que j'aurai pour
tes restes la même sollicitude que je réclame de
toi en ce moment suprême. Tu me promets tout
cela ?

— Oui, mon bon oncle, fit Alfred d'un air
navré.

— Bien. Maintenant je retourne au lit ; retire-
moi ma robe de chambre, place-la sur mes pieds,
et donne-moi la paix. Ne reviens plus ici que quand
Antoine accourra vers toi tout éploré.

En rentrant chez lui, Alfred était parfaitement
gris. Des pensées lugubres assiégeaient son cerveau et, pour s'en défaire, il voulut réagir. Le soir
même, il alla au bal que donnait sa blanchisseuse
à propos de la Mi-Carême ; il dansa comme un fou
avec des charmantes repasseuses et des robustes
laveuses, et le matin, en sortant, il négligea de réclamer sa fourrure au vestiaire. Ce manque de
précaution amena naturellement une fluxion de
poitrine.

En ce moment même, que se passait-il chez l'oncle ?

Tout heureux d'avoir pris ses dispositions dernière, le digne homme s'endormit du sommeil du juste et ne se réveilla que six heures après. Il avait mangé sa douzaine d'huitres, deux noix de côtelettes et terminé son déjeuner par la salade de langouste qu'il avait si bien recommandée. Il ressentit un mieux fort appréciable de ce changement subit de régime ; il repoussa les drogues, les tisanes, le médecin, et au bout de six semaines, il se promenait dans son jardin, sans canne, s'il vous plaît.

Huit jours plus tard, il voulut surprendre son neveu en allant lui demander à déjeuner ; mais quand il arriva, le domestique du jeune homme lui annonça que son maître venait de rendre sa belle âme à qui de droit. Ce domestique était libre-penseur.

L'oncle aimait Alfred sincèrement. Il le prouva. Les chanteurs de l'Opéra chantèrent pour le neveu comme ils auraient chanté pour l'oncle. On fit le voyage à Gênes et le monument néo-grec fut inauguré.

Puis, comme Hamlet dans Elseneur, l'oncle s'en revint à Paris, transportant les cendres du jeune homme dans un pot au lait, en or massif, du prix de quarante mille francs.

C'est la seule urne habitée que je connaisse dans nos murs.

LE MUTILÉ

24.

LE MUTILÉ

Quand le Parisien s'adresse à une femme, il sait unir l'élégance des manières à la recherche des expressions ; il trouve à point la douce flatterie, et c'est avec un air pénétré qu'il rend hommage à la beauté, à la faiblesse, aux grâces de l'esprit. Malheureusement, ce qui gâte le tout, c'est un côté de suffisance insupportable qui semble toujours dire : Regardez ! admirez ! j'arrive et je suis vainqueur !

Cette prétention m'irrite d'autant plus que je

suis naturellement fort maladroit auprès des
femmes. Je ne sais pas tourner un compliment
délicat, et le galant madrigal m'est complètement
inconnu. Comme un ours des Alpes, je renferme
toutes mes tendresses dans mon for intérieur et
rarement, — trop rarement, — la curiosité des
dames s'est aventurée dans ces sombres retraites.

L'être le plus fat que j'ai connu de ma vie, c'était
assurément le père Mathurin, le boulanger de la
rue des Petits-Carreaux. Il avait un ventre énorme,
un menton à double rang, les cheveux poivre et sel,
le nez gros et coloré. Ses petits yeux bleus lançaient
des regards en coulisse, et ses lèvres charnues
cherchaient des baisers dans le vide. Bon homme
au fond, obligeant et gai, racontant une foule
d'histoires scélérates où toujours il jouait le beau
rôle. Il était sergent dans la compagnie de la garde
nationale où je figurais comme simple chasseur,
mais il oubliait la dignité de ses fonctions quand
il ne s'agissait pas du service. J'écoutais avec
déférence ses longs récits d'aventures et d'amou-
rettes tout en faisant, à part moi, mes réserves
sur ses gasconnades. Grâce à cette intimité, les
nuits du corps de garde passaient assez facilement.

Je crois que les trains de plaisir ont été inventés

en 1848, après les terribles journées de Juin. De tous côtés les villes de province nous envoyaient des bataillons de leurs gardes nationales pour lesquels on organisait des fêtes, des banquets et mille autres réjouissances. A leur tour, les Parisiens irradièrent dans les départements.

Un jour, le père Mathurin vint me trouver en s'écriant :

— Allons, haut ! bouclons le sac, astiquons la giberne et fourbissons le fusil ! Nous partons ce soir pour un joli petit port de mer. Ah ! ah ! mon gaillard, nous allons nous amuser. A Paris, on est contraint à toutes sortes de ménagements ; mais là-bas, en province, liberté complète. Hein, qu'en dites-vous ? Bonne chère, bon gîte et des petites femmes...

— Quelles petites femmes ?

— Allons, grand niais, tâchez donc de vous dégourdir un peu. Vous me verrez à la chasse ; vous apprendrez comment on lève le gibier ; suivez mon exemple.

— J'essayerai.

Il fallait nous voir, le soir, à la gare, tous rangés sur le quai. Nous étions là 120 beaux hommes, propres, brillants, astiqués de fond en comble, les sacs garnis de saucissons, de pains Jocko, de

bouteilles de vin et de flacons de cognac. Il fallait
surtout nous voir quand nous arrivâmes en bon
ordre dans la petite ville tout en fête. Les vieilles
femmes nous embrassaient, les enfants prenaient
nos fusils, les jeunes filles portaient nos sacs. On
se disputait pour nous héberger, c'était du délire.
Mathurin et moi, nous eûmes comme hôte un
digne homme qui ressuscita pour nous honorer les
noces de Gamache.

Je dormais encore du plus profond sommeil
quand Mathurin fit brusquement son entrée dans
ma chambre. Il imita le son du cor et se mit à
hurler une fanfare de chasse le *Départ*, à ce que
je crois. Je me réveillai en sursaut :

— Qu'y a-t-il donc ?

— Il y a, grand paresseux, que je ne dors pas,
moi, et que j'ai trouvé la biche au gîte.

— Comment cela ?

Mon sergent ferma ses petits yeux, fit la bouche
en cœur et se carrant dans son uniforme, il sou-
pira :

— Vingt ans à peine. Grands yeux noirs veloutés.
Visage adorable. Taille fine et ronde. Corsage bien
complet. Caractère plein d'enjouement. Voilà !

— Ce n'est pas possible. Où cela !

— Sur le quai, à deux pas. C'est une perruquière.

Tout à l'heure, elle faisait la barbe à un matelot. J'ai clignoté de la paupière; elle m'a répondu par le plus céleste sourire. Une perle, un ange, quoi!

— Je voudrais bien voir, dis-je en m'habillant au galop.

— Ta, ta, ta, pas si vite. Vous êtes trop maladroit, jeune homme. N'allons point sur les brisées de papa, s'il vous plaît.

— Je vous en prie, montrez-moi votre ange et je serai bien sage.

— Je vous concède un simple regard, mais pas plus. Sous le prétexte de me faire raser, je veux entrer seul chez elle. Plus tard, je vous raconterai les petits incidents de l'aventure.

Mathurin était resté bien au-dessous de la vérité. La jolie perruquière, que je vis sur le seuil de sa porte, était une ravissante créature. Ce gros fat de sergent m'éloigna d'un geste, et, prenant un air conquérant, il pénétra dans la boutique.

Je ne sais pas pourquoi, mais j'étais furieux. Un homme de son âge, gros, laid, établi, boulanger, père de famille et sergent! Ah! les femmes ont de bien singuliers caprices.

Je regardais au travers des rideaux. Le monstre batifolait et plaisantait. Elle répondait en riant à ces agaceries tout en lui badigeonnant le visage avec un blaireau couvert d'écume de savon. Ce spectacle me semblait hideux ; je m'enfuis.

Un quart d'heure après, invinciblement attiré par une curiosité malsaine, je revins vers la perruquière et j'ouvris résolument la porte. Une scène lugubre se passait dans la boutique. Mon pauvre sergent, la figure cramoisie, agonisait couché sur un fauteuil. Sa poitrine se soulevait dans des spasmes épouvantables. Je crus qu'il allait mourir. J'oubliai mes griefs et la jolie barbière pour ne plus songer qu'à mon vieux compagnon d'armes. Quelques personnes, qui se trouvaient là par hasard, ne purent me donner aucune explication sur les causes de ce mal subit, mais elles m'aidèrent à transporter Mathurin dans notre domicile commun.

Mon pauvre sergent reprit enfin ses sens. Voici ce qui s'était passé :

Assis sur sa chaise, la serviette au cou, Mathurin débitait ses plus beaux compliments à la perruquière qui ne s'effarouchait nullement de toutes ces calembredaines ; mais quand elle eut fini de lui barbouiller le visage, elle cria de sa plus douce voix :

— Arthur, descends ; Monsieur est prêt.

Un pas lourd retentit dans l'escalier.

— Pincé ! se dit Mathurin. Il y a un mari : c'est lui qui va me raser.

En effet, le coiffeur, un robuste gaillard d'une trentaine d'années, s'avança en disant d'un ton aimable :

— Ah ! Monsieur est de la garde nationale de Paris? Je suis heureux d'accommoder Monsieur, car, moi aussi, j'ai servi, mais j'étais dans la marine.

Arthur saisit son rasoir et retroussa les manches de sa veste. Hélas ! le digne homme avait perdu le poignet gauche dans un combat naval, et ce fut un affreux moignon qu'il vint appliquer sous le nez de mon sergent.

Les matelots savent honorer le courage dans toutes les circonstances et quand l'avant-bras d'Arthur touchait leur visage, ils se souvenaient d'un fait héroïque et d'une grande infortune. Mathurin n'avait point l'âme assez fortement trempée pour comprendre ce noble sentiment, et le contact d'un membre mutilé avait suffi pour déterminer chez lui la crise nerveuse dont je viens de parler.

Aussi, depuis ce jour, quand on me parle d'un don Juan, je lève les épaules, tenez, comme cela !

25

BONBONS ANGLAIS

Antonio Brachagnac est un robuste gaillard, né à Salers, sur la Marone. C'est à lui qu'est dévolu le privilège de fournir d'eau, de bois et de charbon tous les ateliers de la cité des beaux-arts. Chargé d'un sac pesant 100 kilos, il gravit chaque jour, à pas comptés et lourds, une moyenne de deux cents étages. C'est un rude travailleur que Brachagnac Antonio, mais il veut parvenir, et certainement il parviendra.

D'abord, il a l'estime de toute la colonie. Il est arrivé que des peintres méticuleux ont voulu vérifier le poids de la marchandise à Brachagnac. Eh bien, dans ces trois ou quatre circonstances, la quantité qui manquait ne dépassait pas dix ou quinze pour cent. Comme vous le voyez, c'est un charbonnier sans pareil.

Ensuite, Mme Brachagnac aide son mari dans son commerce. C'est elle qui nous apporte ces petits fagots de bois sec, nommés *margotins*, qui servent à allumer le feu. Elle est gentille, accorte, et quand on badine un peu, elle a de vives réparties qu'on se transmet entre voisins.

Brachagnac a de l'ordre; il fait ses comptes lui-même. Quand sa petite femme revient de course, il lui demande :

— D'où viens-tu, Marion?

— J'ai porté quarante margotins chez M. Florent.

Antonio inscrit la fourniture sur son livre. Puis le soir, en causant après souper :

— Ne m'as-tu pas dit que tu es allée chez M. Florent?

— Oui; je lui ai porté quarante petits fagots.

— Ah! diable, j'oubliais.

Et ce brave Antonio reprend son livre.

Un jour, ce polisson de Bismuth, le rapin de Florent, eut l'idée de faire des marques sur le mur, et quand Brachagnac présenta sa note, le gamin s'écria :

— Vous osez compter mille margotins, ô fils du Cantal! Il n'y en a que moitié, voyez plutôt.

Et Bismuth montrait le mur d'un air triomphant.

— Que dites-vous de cela, maître Antonio?
ajouta Florent.

Le charbonnier répondit simplement :

— Oh ! Monsieur, avec quelques coups de pinceau, vous allez rattraper l'erreur.

Cette délicate flatterie désarma l'artiste.

On ne fréquente pas inpunément les ateliers.
Un matin, Marion resta tout extasiée devant une
nymphe endormie sous un bosquet de chèvrefeuille
et d'églantier vers lequel un jeune Silène s'avançait
à pas de bouc. Les regards de la charbonnière se
reportèrent ensuite sur une toile représentant de
folles bacchantes qui martyrisaient un timide
Satyre.

Décidément, la bonne petite femme avait, sans
s'en douter, le sentiment de la forme et de la
couleur, car elle poussait de longs soupirs d'admiration.

Comme un braque en arrêt surveille une caille,
Florent fixait la jeune charbonnière.

Marion avait vingt ans. Sous la couche de pous-
sière noire qui recouvrait ses joues, un sang vif
et chaud repoussait des tons roses. Les yeux mi-
clos, fendus en amande, brillaient d'un doux éclat.
La bouche souriante montrait deux rangs de perles
blanches dans un écrin de pourpre. Le cou veiné

de bleu, d'un dessin exquis, portait admirablement
la tête. Le corsage bien meublé n'attestait ni cette
maigreur, ni cette exubérance qui cause également
des regrets. Le poignet rond, fin, délié, révélait
un joli bras. Un pied petit, une taille mince et
vigoureuse complétaient un ensemble très remarquable.

On s'y connaît ou l'on ne s'y connaît pas ; mais,
quand on s'y connaît, on ne laisse point passer de
semblables trouvailles sans essayer d'en retirer
quelque profit. Ainsi pensait Florent.

D'un côté, promesses, louanges, douceurs, tous
les arguments du serpent près d'Ève, notre mère.
De l'autre côté, coquetterie, vanité, curiosité,
que sais-je, moi ? Comment s'y prit ce satané
peintre ?

Je l'ignore. Toujours est-il que la belle Marion,
confuse et émue, jura ses grands dieux qu'elle
viendrait, le surlendemain, poser pour une hama-
dryade.

Les merveilleuses découvertes de la chimie sont
surpassées peut-être par la confiserie. Cette observation judicieuse est confirmée par les délicates
opérations pharmaceutiques. Jadis, toute drogue
avait un goût particulier ; aujourd'hui, c'est le
contraire.

25.

L'Anglais, peuple fort, mais gourmand, a inventé un mélange d'arsenic, d'aloès et de jalap. La pâte, dosée avec soin, est renfermée dans une triple cuirasse de sucre cristallisé. Ce bonbon réunit deux qualités, la douceur et l'énergie.

Par une belle matinée de mai, l'oncle de Bismuth avala un échantillon de cette friandise, mais aussitôt il rejeta dans un coin la bonbonnière et son contenu. Le rapin s'en empara; il essaya le pro... . Quand le sucre fondu fit place à l'aloès, il eut une affreuse grimace et renonça à prolonger l'expérience. Alors, l'idée d'un crime germa dans ce cerveau dépravé, et le gamin mit la boîte dans sa poche.

L'honnête Brachagnac, porteur d'une voie d'eau, arrive à l'atelier.

— Avez-vous des enfants, monsieur Antonio? demanda le rapin d'un air doucereux.

— Non, pas encore; mais j'ai des neveux.

— Aiment-ils les bonbons, vos chers petits neveux?

— Des bonbons! des bonbons! Ils les aimeraient peut-être, si on leur en donnait.

— Eh bien, faites-moi le plaisir de leur offrir cette boîte.

Brachagnac ouvrit de grands yeux à l'aspect

de cet élégant cartonnage garni de ses appétissantes pastilles. Il remercia de son mieux.

Quand Bismuth eut refermé la porte, il alla coller son œil au petit judas d'où l'on examine les importuns.

Le charbonnier, debout sur le palier, contemplait la boîte. Il prit un bonbon, le goûta et l'avala. Il en prit un second, puis un troisième. Que vous dirai-je? la gourmandise est un vilain défaut, et Brachagnac absorba les quarante huit pilules !

Bientôt l'infortuné, rentré chez lui, éprouva des douleurs étranges. Il recherchait la solitude en gémissant et se lamentant. Pendant huit jours, les fluides viciés, sollicités par le poison, abandonnèrent en désordre leurs retraites profondes. La pauvre petite femme était bien inquiète, d'autant plus qu'Antonio n'osait point avouer la cause de son mal. L'anxiété régnait dans la maison.

Enfin Brachagnac revint à la vie. Quand il reparut au grand jour, il était pâle, transparent, diaphane. Jamais charbonnier n'eut un air plus intéressant.

Cette histoire véridique démontre, à mon avis, trois choses :

D'abord, les charbonniers ont tort de tromper sur le poids;

Ensuite, il ne faut pas laisser des drogues malfaisantes dans les mains des enfants ;

Enfin, la maladie grave qui atteint le mari peut parfois raviver chez l'épouse le sentiment du devoir.

CLORINDE

~~~~~~

Il y a déjà beaucoup plus de vingt ans que mon ami Alexandre Privat d'Anglemont est mort, et cependant, très souvent, je songe à ce cher compagnon de ma jeunesse. Pourquoi cela ? C'est que Privat, contrairement à bien d'autres, ne s'est jamais écarté des sentiers un peu ardus de la Bohême pour aller croquer sur les grandes routes les os de dindon de l'esclavage.

Dans son portrait, tracé par lui-même, il dit : « Le loup maigre n'a rien, n'est rien ; il ne veut rien être. Il agit à sa guise, joyeux, pauvre et fier de son indépendance et de sa liberté. Il n'a jamais été ni assez fou, ni assez ambitieux pour renoncer à ces bonnes choses-là. Il fuit l'attache, il a l'horreur de la contrainte, il vit à sa fantaisie, il est

opposant né, il a le bonheur de n'avoir même pas
une démission à donner ».

Or, un soir, Privat eut une aventure.

Mademoiselle Clorinde était une courageuse
créature qui, pour toute fortune, possédait cinq
francs. « Elle joignait à l'ardeur méridionale la
flore, la poésie, l'éthéré, la blancheur, la santé et la
morbidesse des femmes du Nord », mais en réalité,
chaque nuit, quand arrivaient les maraîchers de la
banlieue, elle achetait sur le carreau des Halles
pour cent sous de choux en gros. Pendant la matinée, elle poussait dans les rues une petite char-
rette en criant des légumes qu'elle vendait en détail aux ménagères : « Des choux, des poireaux,
des carottes !... Navets, navets !... » Vous connaissez la romance.

Tout comme un gros boursier, elle vivait de ses
différences.

Un vilain soir d'hiver, dans la rue Saint-Denis,
Privat d'Anglemont trouva Mme Clorinde assise sur
une borne. La pauvre fille pleurait à chaudes
larmes. Elle avait fait un faux pas sur le pavé glissant, et, dans sa chute, non seulement elle s'était
blessée à la tête et aux mains, mais encore de ses
vêtements déchirés, la pièce de cinq francs avait
roulé dans un égout.

Clorinde était ruinée, complètement ruinée.

— Consolez-vous, ma belle enfant ! disait Privat, et ne sanglotez plus ainsi. J'ai six sous, les voilà. Entrez boire la goutte chez Bordier et réchauffez-vous. Avant une heure, je vous rapporterai vos cent sous. Il est tard, c'est vrai ; mais j'ai beaucoup d'amis très riches, et, pour sûr, je rencontre-rai quelqu'un qui me prêtera la somme. Voyons, soyez calme et espérez.

Il y avait une première représentation au théâtre de la Porte-Saint-Martin. Pendant le troisième acte, le docteur O. Sandon était resté seul au foyer. Appuyé contre le chambranle de la cheminée, il rêvait en se brûlant les tibias.

C'était un excellent homme que ce cher docteur. Indulgent, bon, serviable, il nous aimait tous, et tous nous l'aimions. Il avait pourtant un défaut ; il ne pouvait pas souffrir Privat d'Anglemont.

Dites à un chanteur qu'il ne connaît rien à la sculpture, à un sculpteur qu'il chante mal, au premier Français venu qu'il n'entend rien à la mé-decine, et vous soulèverez ainsi les plus violentes colères.

Or, Sandon avait énormément d'amour-propre littéraire, et il croyait que Privat *blaguait* ses ro-mans. Aussi, en voyant entrer son ennemi au

foyer, il fronça les sourcils et boutonna son habit
noir jusqu'au col. Mais Privat accourut les bras
ouverts :

— Ah! cher maître, s'écria-t-il, que je suis aise
de te voir! Je te cherche depuis quatre heures ;
j'ai été chez toi...

— Pour m'emprunter quelque chose?

— Ne plaisante donc pas. Je viens te demander
la clef de ton appartement.

— Ma clef? Et à quel propos?

— Sois sérieux, parlons bas et vite, car je suis
pressé. Ledru-Rollin est à Paris. Depuis midi, nous
courons pour arranger des affaires qui ne peuvent
se terminer que demain matin. La police est sans
doute instruite; Ledru ne peut coucher ni dans un
hôtel, ni chez moi qui suis signalé. Nous avons
parlé de toi; il se souvient de t'avoir vu jadis à la
Réforme et j'ai pensé...

— Comment, il se souvient!

— Certainement, parbleu! D'ailleurs, à Londres,
les exilés lisent tout ce qui se publie en France.
Ledru connaît par cœur ton *Manuel hygiénique des
passions*, et il aime beaucour ce roman que tu as
fait paraître dernièrement.

— *Pain-Sec?*

— Précisément. Nous avons donc été chez toi,

puis au café, au cercle, sans te rencontrer. Je désespérais, quand, tout à l'heure, je me suis souvenu que tu pouvais être ici. Du reste, notre ami m'attend dans un fiacre, et, si tu le désires, j'aurai grand plaisir à te présenter.

— Allons-y, fit le docteur avec méfiance.

— Allons, répéta Privat ; cela vaut mieux.

Ils descendirent sous le portique du théâtre. Une voiture stationnait au bas des escaliers qui aboutissaient alors à la chaussée. Sandon, convaincu, s'arrêta :

— Non, dit-il ; cela ne vaut pas mieux. S'il arrivait quelque mésaventure, on pourrait jaser sur mon compte ; je préfère aller souper avec les auteurs. Tiens, voilà mes clefs.

— Comme tu voudras. En tout cas, merci.

Privat prit le trousseau, fit un pas, puis se retournant brusquement :

— A propos, mon cher. Nous avons quelques heures de voiture et je ne sais si notre ami a beaucoup d'argent sur lui.

— C'est juste ; voici un louis.

Le bohème descendit vers le coupé, puis il revint encore en poussant de grands cris :

— Trop tard ! Reprends tes clefs.

— Pourquoi donc cela ?

— Notre ami s'est impatienté ; il est parti, je cours après.

— Et mon louis ?

— Je te le reporterai demain matin.

Le docteur jura effroyablement, puis il éclata de rire.

Un quart d'heure après, Mlle Clorinde avait le louis, le louis tout entier. Une larme perlait dans ses yeux « aux immenses profondeurs azurées », tandis qu'elle balbutiait :

— Ah ! mon bon Privat, que puis-je faire pour vous prouver ma reconnaissance ?

Privat me prit par la main et me présenta gravement.

— Écoutez ! dit-il. Toutes les fois que nous vous rencontrerons, moi ou mon ami, vous nous offrirez un chou et vous nous paierez la goutte.

Depuis cette soirée, j'ai perdu mes deux compagnons et la Porte-Saint-Martin est transformée.

Clorinde tient, près des Halles, un magasin de beurre, d'œufs et de fromages. Elle fait fortune. Quand parfois je vais la voir, elle m'offre bien encore la goutte en me parlant de notre ami ; puis elle termine en me donnant d'excellents conseils pour le placement de mes économies !

LE PREMIER TABLEAU

LE PREMIER TABLEAU

Depuis deux années déjà, j'avais obtenu le n° 3 pour le grand prix de Rome, et cependant j'habitais toujours mon tout petit atelier de la rue des Filles-du-Calvaire. Mon cher et vénéré maître et quelques compagnons d'études étaient, avec mes modèles, les seuls êtres humains qui, parfois s'aventuraient à gravir mon échelle de meunier.

Un jour — c'était un dimanche — on cogne à ma

20.

porte à coups redoublés. J'ouvre, et je vois entrer
un inconnu fort bien mis, de la plus belle apparence, qui me dit gracieusement :

— Monsieur, on m'a beaucoup parlé de vous, et
je désirerais voir vos œuvres.

Un amateur ! chose invraisemblable ! et pourtant c'était bien un amateur, puisqu'il me parlait
« de mes œuvres ». Vous concevez avec quel empressement je plaçai mes panneaux sur mes deux
ou trois chevalets.

— Ah ! ah ! vous faites des figures et j'ai besoin
de paysages.

— Des paysages ! mais j'en ai des paysages. J'ai
passé plusieurs saisons dans la forêt de Fontainebleau, et voici mes études.

— Fort bien, reprend le monsieur, nous pourrons peut-être nous entendre. Ce qu'il me faut, ce
sont des toiles d'un mètre environ. Je ne puis payer
bien cher : quarante ou cinquante francs par tableau, mais je les commande par dix ou douze
à la fois. Si cela vous convient, voici mon adresse ;
apportez-moi un échantillon.

Des tableaux à la douzaine, quelle chance ines-
pérée ! Je me mis bravement à l'œuvre et, trois
jours après, je portais mon essai chez mon premier amateur.

— En vérité, s'écria-t-il en s'extasiant, c'est très joli, très bien, trop bien même pour le prix. C'est piquant, pittoresque et d'un charmant effet.

— Oh ! Monsieur, je suis confus... ces compliments...

Et j'agitais ma longue chevelure en relevant mes manches.

— Non, non ; je suis sincère ; votre talent me plaît. Nous ferons de grosses affaires, mon cher ami. Reprenez votre toile, achevez-la et revenez dans quelques jours.

— Pardon, je ne comprends pas. Vous me disiez tout à l'heure que c'était trop bien.

— Sans doute, sans doute, et je ne m'en dédis pas.

— Mais alors...

— Et le clocher que vous avez oublié !

— Le clocher ?

— Certainement, le clocher.

Et pour compléter sa démonstration, mon protecteur retourne un tableau à horloge posé contre le mur ; il presse sur un bouton ; l'heure sonne au cadran du fameux clocher réservé dans le paysage, et une douce musique fait entendre la valse de *Guillaume Tell* :

> Toi que l'oiseau
> Ne suivrait pas...
> Ah ah ah ! ah ah ah !

Fou de rage, je crève ma toile d'un coup de botte, et je m'enfuis à toutes jambes.

Quand André eut fini son récit, Louis prit la parole :

— Un petit héritage, survenu par hasard, me permit de faire, en Italie, le voyage que je projetais depuis longtemps. Je rencontrai à Rome un de mes camarades d'enfance, alors pensionnaire de la Villa-Médicis. Auguste me donnait quelques leçons de peinture et, en revanche, je lui enseignais l'art de l'équitation.

Un jour, nous nous étions lancés à fond de train dans les ravins de l'Isola-Farnèse, quand, tout à coup, nous nous trouvâmes dans un endroit dangereux, au pied d'un escarpement de trente à quarante pieds de hauteur.

— Remontons dans la plaine, m'écriai-je, et passe devant.

Auguste presse sa monture qui gravit difficilement le ravin.

— Lâche tout et serre les jambes, lui dis-je.

Mais le cheval sent que le terrain va lui manquer ; il se cabre, se renverse et tombe dans le lac en faisant deux tours sur lui-même. Auguste avait subitement disparu.

— Ami ! où es-tu, mon pauvre ami !

Les roseaux s'écartent et laissent voir une figure couverte de vase qui gémit :

— Ce n'est pas de ma faute ! j'ai suivi ton conseil.

— Es-tu blessé ?

— Non, je n'ai rien.

— Là-bas, à l'auberge, il y a un médecin qui est venu voir un fiévreux ; je vais le chercher.

Je pique des deux ; je prends le docteur en croupe ; je reviens au galop, et je ne retrouve plus personne, ni homme, ni cheval.

A quelque distance, près d'une ferme isolée, j'aperçus enfin l'animal dessellé qui se vautrait paisiblement dans l'herbe. J'entre dans la maison et, guidé par un bruit confus, je pousse une porte, une seconde, puis une troisième. Encore tout mouillé, Auguste, assis près de la fermière, — créature adorable ! — chantait je ne sais quel duo d'amour en s'accompagnant sur une mandoline !

La présence du médecin était inutile, mais cependant je dus lui payer sa vacation.

— Eh bien, dis-je, je veux, à mon tour, vous raconter un souvenir.

C'est vers 1840 que j'eus l'honneur de connaître Daubigny. Il habitait alors une vieille maison de la rue de la Cerisaie, toute peuplée d'artistes. On y rencontrait Meissonier, Steinhel, Daumier, Pascal, Geoffroy de Chaume, Chenillon et beaucoup d'autres encore. Les toiles et les couleurs coûtent cher et la vie était dure. Trimolet, un artiste de talent très fin et très original, avait appris à Daubigny les procédés de la gravure à l'eau-forte. L'élève devint bientôt très habile, et c'est de cette époque que datent ces compositions ravissantes, dessinées avec une extrême pureté, pleines de sentiment et de naïveté, dont les épreuves sont aujourd'hui si rares et si estimées. Mais la gravure était alors fort mal payée, et la pauvreté persistait sans pouvoir altérer la bonne humeur et l'insouciance du jeune artiste. Cet état, du reste, était commun à toute la colonie; en voici la preuve.

Meissonier est né avec du génie; il a eu tout de suite un grand talent que les maladroits ne surent pas deviner. Un jour donc, Meissonier avait offert vainement une aquarelle à plusieurs marchands; pas un n'avait voulu l'acquérir. Dégoûté, il vint conter sa mésaventure à Daubigny.

— Ce qui me vexe surtout, dit-il, c'est que j'ai une envie furieuse de jouer au billard et je ne sais comment la satisfaire.

— Hélas ! mon ami, je n'ai que vingt-quatre sous pour dîner ce soir.

— Vingt-quatre sous! mais on peut jouer pendant une heure. Allons-y et je te donne mon aquarelle.

Daubigny accepta.

J'ai revu plus tard dans son atelier ce petit chef-d'œuvre, signé, s'il vous plaît, qui représente des gardes françaises dans un cabaret. Au bas mot, il vaut trois mille francs.

Il faut avoir une fière chance pour obtenir, moyennant vingt-quatre sous, un Meissonier exquis de dessin et de couleur.

FROMAGE DE BRIE

~~~~~~

En faisant un retour sur lui-même, l'homme de bon sens reconnaît bien souvent que les mécomptes de sa vie ont été causés par sa propre faute.

J'avais vingt ans. Un soir en sortant de chez Viau, dit l'Aquatique, célèbre restaurateur du quartier latin chez lequel on dînait parfaitement pour seize sous, je songeais assez tristement que les fils de famille pouvaient s'offrir quotidiennement de tels festins, tandis que, pour moi, ces débauches étaient purement accidentelles. Mes jours heureux dépendaient du caprice de l'imagier de la rue Saint-Jacques, qui me faisait dessiner « des sujets » à cinquante sous pièce. Le vieux dur-à-cuire ne m'en confiait jamais plus de deux la fois, et il y avait de longs chômages, « car les affaires ne marchaient pas ».

Barulas me tira de ma rêverie en me tapant fortement sur l'épaule :

— Ah ! te voilà, grand ténébreux, s'écria-t-il gaiement. Que deviens-tu donc ? Je cours après toi depuis le commencement de la semaine pour te présenter la fortune sur un plateau d'argent et tu fuis comme un météore.

— Que veux-tu dire ?

— Je vais te l'apprendre, ajouta Barulas, en me faisant entrer au café Momus.

Et tout en dégustant le fin moka, amplement relevé par des rasades d'armagnac, mon ami continua :

— Tu sais, — ou tu ne sais pas, — que le comte Symphor, qui possède la plus riche collection d'objets du moyen-âge, veut faire un catalogue illustré de tous ses trésors. Pour mener promptement à bien une entreprise aussi délicate, il s'est assuré de la collaboration de plusieurs de nos camarades, Aurèle, Guidon, Marcel, Yves, Thibaut, Omer et de ton serviteur lui-même. Veux-tu faire le huitième ? Demain, je te présente au comte. Les appointements sont de quatre-vingts francs par mois, plus, chaque jour, un copieux déjeuner

27

famille, présidé par la comtesse en personne, une femme charmante et d'infiniment d'esprit. Es-tu des nôtres ?

— Parbleu ! quatre-vingts francs par mois !

— Et un bon déjeuner !

— Avec une vraie comtesse !

— C'est presque une entrée dans le grand monde !

Le lendemain matin, le comte avec affabilité m'admettait au nombre de ses collaborateurs et m'engageait à travailler et à espérer.

La comtesse était vraiment une femme supérieure, digne, froide, imposante, qui nous maintenait tous dans une réserve méticuleuse.

J'ai passé de bien heureux jours dans cette retraite austère ! tous mes compagnons un peu plus âgés que moi me prodiguaient les meilleurs conseils.

— Souviens-toi, me disait Barulas, des paroles du patron : « Travaille et espère ! » Tout est là. Étudie l'histoire et la philosophie. En évoquant les âges passés, en retrouvant l'épanouissement des différentes époques, tu comprendras mieux la vie contemporaine, car le trésor commun qu'une génération transmet à l'autre est un héritage qui s'augmente toujours des découvertes de chaque

siècle. Compare les idées pour poser les problèmes,
et tu trouveras peut-être la solution. Les notions
scientifiques sont accumulables. Au point de vue
psychologique, Baumgarten n'a envisagé l'esthé-
tique que d'une façon secondaire. Lessing a créé
un système critique. Kant, illustre, mais obscur,
a tenté de nous faire connaître l'enchaînement
des faits et a démontré que l'histoire est un phénomène naturellement assujetti à une évolution
régulière. Schiller est vague et noble. Hegel pense
que tout ce qui est réel est raisonnable, — ce qui
n'est pas bien clair ; — mais il est vrai que la raison est la faculté de dépasser l'instinct de la nature, et que le savant est un homme qui prévoit.
Étudie ces maîtres ; forme-toi un répertoire des
idées antérieures, des moyens différents, des con-
ceptions successives ; sépare l'abstrait du concret ;
condense le tout et, plus tard, tu m'en diras de
bonnes nouvelles. Oui, cher enfant, travaille et
espère !

A son tour, Marcel me catéchisait avec bonté :
— Tu as du cœur, ami ; c'est bien ; tu iras loin.
Livre-toi tout entier à l'étude assidue de la belle
nature. La contemplation donne l'initiation. Montre hardiment ta jeunesse, ta force et tes sentiments énergiques. Exalte ton esprit dans la passion

et dans le mouvement de la pensée. L'idéal est le
guide le plus sûr pour aborder le génie. Assimile-
toi les croyances, les formes, les expressions, les
couleurs ; triture et contexture dans des idées
d'ordre et de convenance, et l'unité finale s'éla-
borera de ces transactions provisoires. En attendant le succès, n'oublie pas cette parole du maître :
Travaille et espère !

Je demeurais un peu abasourdi sous cette ava-
lanche d'images et de figures, mais le bon Thibaut
me ranimait par de chaleureuses paroles :

— On te fatigue le cerveau, mon pauvre ami,
avec une foule d'illusions et de chimères ; recouvre
ton bon sens et laisse-toi guider par tes propres
impressions. De nos jours, l'artiste est le spectateur
neutre — mais non pas indifférent, — des luttes
et des passions humaines. Voir, comparer, juger,
déduire, conserver l'enthousiasme et le sang-froid,
soumettre l'inspiration à la patience, voilà le
grand secret. C'est pourquoi je te répéterai avec
les autres : travaille et espère !

Oh ! oui, j'étais alors bien heureux !

Ma jeunesse, mon innocence, ma bonne humeur
avaient fini par toucher l'altière comtesse. Un jour,
à déjeuner, elle riait aux éclats de je ne sais quelle
petite histoire de mon enfance que je racontais

avec la plus parfaite candeur. Mon patron
était enchanté et mes compagnons applaudis-
saient.

Nous étions au dessert ; on me passe du fromage
de Brie ; j'en prends un morceau.

Tout à coup un silence profond se fait, les rires
s'éteignent ; je lève les yeux. Mes amis avaient le
nez dans leurs assiettes, la belle comtesse me jetait des regards furibonds.

Barulas me poussa le genou :

— Tu viens de faire un joli four, me dit-il à
voix basse.

— Comment cela ?

— En coupant la pointe du fromage de
Brie.

— Eh bien !

— Eh bien ! cela ne se fait pas ; c'est d'un mal-
appris !

J'étais anéanti. Et comme, au café, la comtesse
continuait à me faire grisemine, je me levai, tout
pâle, en lui disant :

— Madame, je vois bien que vous m'en voulez
parce que j'ai coupé la pointe de votre brie, mais
je vous jure que c'était sans mauvaise intention.

— Monsieur, me répondit-elle avec dédain, je

27.

ne reçois à ma table que des gens bien éle-
vés.

Le lendemain, je retournais chez mon viel imagier qui me faisait faire, de temps en temps, des
dessins à cinquante sous pièce.

COURS DE DÉCLAMATION

COURS DE DÉCLAMATION

Parce que je m'en vais, vieux bonhomme, un peu courbé sur ma canne, ce n'est pas une raison pour croire que je suis complètement étranger aux émotions violentes causées par les luttes politiques.

Jadis on représentait l'Hercule gaulois avec des
anneaux d'or, qui, suspendus à ses lèvres, enchaî-
naient à ses pieds le reste des nations, les barbares.
Cette ingénieuse allégorie figurait l'art de persua-
sion que nos bons aïeux s'octroyaient carrément.
Leurs descendants ont conservé pieusement le souvenir de cette ancienne tradition, et c'est avec
une certaine complaisance que nous nous attri-
buons le pouvoir de charmer, de séduire et de convaincre.

Donc, un jour — il y a plus de trente ans —
j'éprouvai le désir de passionner mes contemporains par de vigoureuses harangues. Oui, moi aussi,
j'ai parlé au peuple; moi aussi j'ai capté des
oreilles attentives, et, j'ose le dire, j'ai recueilli
des applaudissements frénétiques. C'était, il est
vrai, toujours avec le même discours, mais qu'il
m'avait donné de peine! Le thème, d'ailleurs,
était heureusement choisi : « De la fusion des races
et de la simplification des pouvoirs en Eu-
rope. »

Ce discours, composé avec un art remarquable,
bien ordonné, bien divisé, fourmillait d'ingénieux
détails, et la péroraison éclatait comme la trompette de Jéricho. Peu confiant dans mon talent
d'improvisateur, je dus passer de longues nuits à

l'apprendre par cœur, mais aussi quel puissant effet !

Plein d'une sécurité profonde, mais avec une apparence timide, j'abordais la tribune.

Des phrases brèves, coupées, cherchées, pénibles constituaient un court exorde. Tête baissée, corps penché, voix rauque, pas de gestes.

A chaque point de l'exposition il y avait un arrêt, *un temps*, comme on dit au théâtre, souligné par un simple signe de la main droite.

En attaquant l'augmentation, le corps se redressait, la voix recouvrait son ampleur, les bras, les deux bras, entendez-vous bien, se détachaient avec aisance, et l'émotion gagnait l'auditoire.

Dans la réfutation, vibrant, tonnant, victorieux, emporté par de longues périodes sonores et retentissantes, je me livrais, sans retenue et sans crainte, à tous les excès de la gymnastique académique. Je savais reconnaître l'enthousiasme, les bravos et les trépignements en reprenant, dans le résumé, une allure calme, mais passablement hypocrite.

Dans les chaleureuses félicitations qu'on m'adressait quand je regagnais ma place, j'ai compté maintes fois celles de M. le commissaire de police.

Les clubs comme les théâtres ont leurs fanati-

quos. Certains amateurs m'avaient entendu plusieurs fois réciter ma harangue; mais loin d'en
être fatigués, c'étaient ceux-là qui suivaient mon
débit avec passion et qui me disaient sincèrement:

— Votre apostrophe au grand-duc de Toscane a
produit une énorme sensation. Du reste, ce soir,
vous aviez une verve endiablée !

Au fond, je rendais des services, je jouais les
rôles des grandes utilités. Souvent, quand j'appa-
raissais au rendez-vous, le président accourait et
me disait à l'oreille :

— Ah ! cher ami, vous arrivez à propos pour
nous tirer d'embarras. Nous attendons des orateurs
célèbres, mais il leur est impossible d'être ici avant
une heure. Or, si pendant ce temps on ne parle
pas, la réunion va se dissoudre. Dites-nous quelque chose ; chauffez-nous cela en attendant.

Et, en effet, moi, bonne nature, je chauffais cela
en attendant. Suivant l'indication donnée, mon
débit était lent ou rapide, et j'arrivais toujours
à cinq ou six minutes près. Cela n'est pas sans
mérite.

La gloire excite l'envie. Mon ami Richar avait
acquis, par un talent réel, une position justement
honorée; malheureusement, il avait un *dada*. Né
dans le Jura, il produisit un jour un effet prodi-

gieux avec un discours adressé aux vignerons, où
il récapitulait leurs rudes travaux, l'incertitude
du rapport et les taxes de toute nature qui pèse si
lourdement sur leurs produits. Il y avait surtout
un passage où le paysan, affolé par la misère,
l'impôt et l'usure, arrachait ses vignes, qui faisait
pousser des hurlements d'indignation.

Richar aimait à refaire ce discours.

Je crois avoir dit qu'en 1849 un agent de l'autorité assistait déjà aux séances des clubs. Or, un soir,
nous étions réunis en assez grand nombre dans un
cabaret de la banlieue. La tribune était formée par
des planches posées sur des tonneaux. Dès l'ouverture des débats, le président me passa la parole et, sans vanité, j'obtins un tel succès que
Richar s'en montra jaloux.

Il grimpe sur l'estrade. Beau de visage, grand,
fort, taillé en athlète, il attaque son discours sur les
vignes. Le public qui ne prend aucun intérêt à la
chose, reste froid ; pour vaincre cette indifférence,
Richar accentue avec véhémence les passages sail-
lants de sa harangue. Sentant tout à coup une
main qui tire le bas de son pantalon, il se penche
et regarde :

—Citoyen, citoyen, murmure un petit homme,
maigre et fluet, vous allez peut-être un peu loin !

— Laissez, répond l'orateur, je saurai me maintenir.

Puis il reprend avec de nouvelles violences.

— Citoyen, dit le petit homme en s'accrochant encore au pantalon, vous allez beaucoup trop loin.

— Mais, mon brave, qu'est-ce que cela vous fait? Qui êtes-vous?

— Je suis le commissaire de police.

Richar se baisse, saisit d'une main le collet de la redingote de l'interrupteur, puis, redressant soudainement sa taille superbe, il montre aux auditeurs le magistrat qu'il tient à bras tendu. Frappant de sa main libre sur sa large poitrine:

— Citoyens! s'écrie-t-il, vous pouvez juger de quel côté se trouve l'erreur. Comparez ce séide du pouvoir, ce sicaire de la tyrannie, aux hommes de cœur qui aspirent à vous défendre. Voyez, je vous prie, cet affreux sycophante...

Perdu dans le vide, l'agent s'agitait au bout du vigoureux poignet, comme une grenouille au bout d'une ligne, mais à ce mot: « Sycophante », il leva les bras en l'air et ce mouvement lui permit de glisser dans sa redingote. Quant il retomba sur le sol, l'orateur n'avait plus dans sa main que l'habit.

Dame! ce jour-là, mon succès fut éclipsé, et je n'eus point les honneurs de la séance.

Mais que ce moyen oratoire est petit, mesquin, inconvenant. Si l'apprentissage parlementaire exige de tels tours de force, c'est à renoncer à tout jamais aux honneurs de la tribune.

RETOUR D'ODESSA

Il est entre cinq et six heures du soir. Nous sommes dans le jardin du Palais-Royal. Près du bassin, la musique de la garde républicaine exécute les plus beaux airs de son riche répertoire. La foule, attentive, charmée, éclate en applaudissements après chaque morceau.

Le temps est si beau, si doux, qu'il semble que tout le monde doit être heureux.

Devant le café de la Rotonde, Nestor, trente-huit ans, gros, court, de mise très cossue, ingurgite à petits coups un bitter havrais. Les sons des instruments lui arrivent de loin, faibles, rompus, mais d'autant plus vifs ou mélancoliques. Il bat la mesure avec les breloques énormes qui constellent son gilet, et chantonne à contre-temps les motifs qui lui sont familiers.

Maigre, pâle, défait, les vêtements troués en maint endroit, comme un renard en quête, s'approche un homme de trente ans. Après deux minutes d'hésitation, il s'assied à la table de Nestor.

— Bonjour, mon vieux ! Comment vas-tu ?

— Mais, monsieur..., je ne vous connais pas ?...

— Mais, si... mais si !... Henry !... tu sais bien ? Henry de Montmartre ; Henry le comique ?...

— Henry ? Ah ! oui, j'y suis, Henry l'ancien comique du théâtre de Montmartre. Parfait ! J'y suis maintenant, mais tout d'abord, je ne vous remettais pas, pauvre diable !... Et d'où venez-vous ainsi, pauvre dépenaillé ?

— J'arrive d'Odessa !... J'arrive d'Odessa à pied !

— D'Odessa !... d'Odessa à pied !... Mais c'est impossible, pauvre malheureux !

— Mais si !... mais si !... J'étais engagé là-bas ; l'administration a fait faillite. Je me trouvais sans le sou. J'ai remonté toute la Russie à pied ; j'ai traversé la Pologne, la Prusse, les Pays-Bas, en disant partout des chansonnettes pour vivre. J'arrive à l'instant de Bruxelles et je suis exténué...

— Ah ! pauvre diable ! ah ! pauvre misérable ! ah ! pauvre dépenaillé ! Votre histoire me touche. Voulez-vous prend e quelque chose ?

— Garçon ! un verre d'absinthe !

— De l'absinthe !... Mais vous n'y pensez pas, pauvre malheureux ! Cela vous fera du mal !...

— Mais non,... mais non !... Ça me remontera.

— Enfin, comme vous voudrez, pauvre diable !... Vous allez venir chez moi. J'ai des bottes, encore très bonnes, que je ne mets plus à cause de mes cors ; je vous les donnerai, pauvre misérable ! J'ai aussi des habits défraîchis ; vous les prendrez, pauvre dépenaillé ! Et je vous ferai manger de la bonne soupe, pauvre diable ! Ma femme n'aime pas les artistes,... mais ma foi, tant pis !... En dînant, vous lui raconterez votre histoire. Après tout, les femmes sont sensibles ! Vous vous souvenez, dans le temps... feu mon père était chiche, et je n'avais, pour mes menus plaisirs, que la copie des rôles du théâtre de Montmartre. Mais le brave homme

est mort, et, je ne sais pas si vous êtes comme
moi, j'ai vingt mille livres de rente et je suis
marié !

— Mais non !... mais non !...

— Comment mais non ?

— Je ne suis pas comme toi. Je n'ai pas vingt
mille...

— Ah ! c'est juste, pauvre diable ! pauvre dépenaillé ! Mais enfin, ça ne fait rien. Vous allez venir
chez moi. Seulement, vous comprenez, vous ferez
en sorte que le portier ne vous voie pas, parce
que... En passant devant la loge, vous vous ca-
cherez derrière moi ; vous entendez, pauvre misérable ?

Henry est entré sans encombre dans la maison
de son ami. Celui-ci le présente en ces termes :

— Vois-t , ma femme, il ne faut pas m'en vouloir, mais j'amène, pour manger la soupe, un pauvre diable, un pauvre dépenaillé qui vient de faire
huit cent lieues à pied, sans un sou dans la poche. C'est un comédien ; il joue les comiques ; il
te dira ses aventures, ce pauvre misérable. Ne lui
fais pas ton nez, au pauvre malheureux ! Voyez-
vous, Henry, ma femme fait son nez, parce qu'elle
n'aime pas les artistes ; mais ne faites pas attention ; cela se calmera. Elle est bonne au fond.

Mangez bien de la soupe, pauvre diable ! cela refait l'estomac !...

Henry mange comme quatre, boit comme huit. Au dessert, il narre son odyssée.

Madame Nestor est attendrie.

Il chante des drôleries...

Madame remarque qu'il a de fort beaux yeux et le nez très bien fait, quoique un peu grand. Tout à coup, Henry s'adresse à son ami :

— Prête-moi cent sous !...

— Cent sous ! Et pourquoi faire, pauvre diable ?

— Mais pour prendre du café...

— Du café ! pauvre misérable ! du café ! On va avoue en servir ici.

Après avoir dégusté son moka, Henry s'écrie de nouveau :

— Prête-moi cent sous !...

— Cent sous !... Encore cent sous !... mais pourquoi donc faire, pauvre diable ?

— Dame ! je fumerais bien un cigare !...

— Un cigare ! mais vous avez donc tous les vices ? Enfin, pour vous satisfaire, pauvre dépenaillé, nous allons descendre, et je vous paierai du tabac, pauvre misérable !...

Le lendemain, à cinq heures du matin, Henry

arrivait comme une bombe chez sa charmante hôtesse :

— Mon Dieu, oui, madame! J'ai eu beau dire et beau faire : j'ai été contraint de céder à votre mari. Votre bon accueil me faisait un devoir de lui résister ; mais j'ai craint que, tout seul, il ne se livrât à des extravagances encore plus risquées. Hier au soir, quand Nestor a été complètement gris, il a engagé sa chaîne et sa montre au Mont-de-Piété pour aller souper au boulevard. A cette heure, il attend, assoupi sur un divan, que je lui apporte votre pardon pour cette erreur d'un moment.

Quinze jours après, c'est-à-dire hier, Henry, frais, rose, moustache en croc, jarret tendu, très chic dans son veston gris-bleu, désignait à Madame les plus belles figures de l'exposition de sculpture.

Nestor, suivant à dix pas, se disait avec admiration :

— Qui reconnaîtrait ce pauvre diable, ce pauvre misérable, ce pauvre dépenaillé? Comme il a vite repris! Les plus grands soins lui étaient nécessaires; aussi lui ai-je fait meubler un petit logement en haut de ma maison. Et cependant ma femme n'aime pas les artistes? Mais elle a si bon cœur!

TABLE DES MATIÈRES

PARIS. — IMP. C. MARPON ET E. FLAMMARION, RUE RACINE, 26.

www.ingramcontent.com/pod-product-compliance
Lightning Source LLC
Chambersburg PA
CBHW050148030726

47505CB00005B/1289